在红尘，选一棵相思良树

提笔写诗词，任风吹皱满池落花

爱情岛

李瑞雪 著

了然牵萝莫补，流水不腐

中国广播影视出版社

图书在版编目（CIP）数据

爱情岛 / 李瑞雪著. -- 北京：中国广播影视出版
社, 2023.10
　ISBN 978-7-5043-9102-5

　Ⅰ.①爱… Ⅱ.①李… Ⅲ.①爱情诗—诗集—中国—
当代 Ⅳ.①I227.2

中国国家版本馆CIP数据核字(2023)第156527号

爱情岛

李瑞雪　著

责任编辑	王　萱　　胡欣怡	
特约策划	苏爱丽	
责任校对	张　哲	
装帧设计	马　佳	

出版发行	中国广播影视出版社
电　话	010-86093580 010-86093583
社　址	北京市西城区真武庙二条9号
邮　编	100045
网　址	www.crtp.com.cn
电子信箱	crtp8@sina.com

经　销	全国各地新华书店
印　刷	三河市龙大印装有限公司

开　本	880 毫米 × 1230 毫米　1/32
字　数	265(千)字
印　张	11.75
彩　插	无
版　次	2023 年 10 月第 1 版　2023 年 10 月第 1 次印刷

书　号	ISBN 978-7-5043-9102-5
定　价	69.80元

目 录

CHAPTER 1

87　第二辑　醉花缱绻·细雨相思伞

CHAPTER II

C
H
A
P
T
E
R

Ⅲ

C
H
A
P
T
E
R

IV

CHAPTER 1

第一辑
蟾凉叶落，水绕胭脂色

蟾流叶落 水绕胭脂色

立夏前的清晨
一切
没什么两样
一只蟾
跨越了南北相向的河床
将漫长
演绎成碾玉的情缘一场

不能忘
门开处
笃定入怀的情深意长
将思绪
一一拖进清风款款的白鹿巷
不过是转眼间的越来越凉
却让水绕胭脂的炫色
赛过了七夕的麦浪
这怎能
不让人笑捻不灭的心香
用一抹可见的藤黄
幻化脑海中
收获在望的景象

字字句句行行
全部书于纸上
和着有画的纸笺
变成恒久的文章
再层层叠叠
筑成通向成功的桥梁

原来
是你给了我一束光
我把它变成了可以飞翔的翅膀
是你给了我命中注定的一个方向
是我把它变成了不能更改的信仰
是你给了我可以放心依靠的肩膀
而我
仗着这笃定不变的坚强
与你一起守望
为未来保驾护航

我知道了
命运给我的
不仅是梦里梦外都在的修行道场
命运赏赐的
是人间少有的天堂
也是可以和歌谱曲的绝唱

守心城

借几缕古风
捻几许依旧的心动
为几分清晰的曾经
继续守
只有两个人的心城
用依然雅俗并存的传统
传承种种还在的悸动
靠着些许懵懂
将其一一演绎为成功
是爱情
是暖意融融的被动容
总在最有理性的那一刻
成就被固定的确定
在一方画地为牢的有声天空
耕耘出漫山遍野的纯真心声
未来让花绽开的某个清晨
使得一切过往
都能成为记忆犹存的梦境

进入

是旖旎氤氲的俊雄

驻足

是如意吉祥的艳雀开屏

离开

是梦绕缠绵的美梦初醒

无论怎样一番情形

都不过是

一双不离不弃的身影

都在俗世穿行

用不倦

用不厌

用泥古不化的友爱精神

滋养出一场生命

且恒久守旧于

初牵手时的真诚

到曲终人散

兴奋了然

这一世所有的风雨兼程

到底

还是顺遂了天意赏赐的盛运

既给了翩翩骄子的显幸

也宠了神女攀登的高峰

写字画画

铺一张雪白的纸
执一支会意缘深的笔
写字
画画
多美的人生啊
就这样长大吧
面对空白的无涯
抹心事阑珊的涂鸦
像满纸的书法
若隐若现着
虚虚实实地
或真或假
有道是
谁敢把真心
曝光于光天化日之下
密密麻麻记录的
不过是一路走一路丢的

那些无碍无牵挂

无论走到哪

都不会再记起的

被时光漏掉的尘沙

一粒粒

一把又一把

一切的一切

都是阳光下绚烂开放的花

是被沸水冲泡旋开的茶

是魅惑深深的销魂酒家

是夜晚缠绵的悄悄夜话

都一一落于纸笔

惊醒了俗世的静寂

搅扰了混沌中的清雅

一面宣泄

一面表达

一面是爱情的无价

一面是被爱的无限叠加

这样的人生

是少有的逍遥

是神仙级的造化

落灯花

暗夜里

花火缤纷落下

哪一点光亮

不是星星带来的悄悄话

披着金银跳跃的纱

来凡尘

送爱心的真诚表达

再将世人的惧怕

捆绑到一起

挨过黎明前的长夜

无尽无涯

仿佛黑暗

才使生命可以继续璀璨地升华

不然

在太阳之下

怎么闪现着曼妙炫美的花

白天

种子在心田里种下

待到夜幕降临时

静谧中无他

爱意沉沉不说话

用共情

共同描绘一幅幅

精致细腻的工笔画

将黑暗照亮

让夜路

可以承载脚步

让灯光的魔法

一边幻灭

一边重生后出发

一边再送夜路归人

安然安心

怡然地回家

清凉事

夏天太热

心事重重无处存搁

只能任其顺山间流水

去入江

去入河

暂且放松了心情

让灵魂获得解脱

将清凉的愉悦

融进清凉的情歌

淡漠

平和

一如心生太久的爱

从没有说过

渐渐地

变成了无处述说

只能静待佳音

天天来

天天用

各样方式的自娱自乐
或带来了折磨
或带来了上下左右
东西南北
内里外面都弄不清的各种纠葛
只能
自言自语的曰
人间好事多磨
尤其爱情
无论怎番的周折
都是魅力无穷的缠绵悱恻
有其特色
又不能多得
如心花盛开的一朵又一朵
全部开在了来的路上
且花开不落
无花也会结果
如此
不仅填充翔实了过往空白的那一些
也璀璨了余生所有的岁月

醉心何须酒

相识太久
依然可以不离不弃于左右
仿佛古风
裹携着四季
来今天作秀
且一路不愁
为长情无法言说的字字句句
做艰于浅表的护佑
因为怎样
都难以开头
好像从一开始
就注定了一种无尽无休
是坚守
更是富有

还记得
那个平平常常的午后
阳光明媚着七彩里的竹黄
似琥珀无瑕
如玛瑙剔透

带着可见的娇羞
说着有备而来的无厘头
好像夕阳也会伴奏
让那一天
在恒定的记忆里
被牢牢地存留
让一切
从那一刻
成了岁月静好的开首
定格了不可再变动的所有以后
让接下来的夏冬春秋
没有了或温暖的温柔
或寒冷中的禁囚
或凡间尘俗的难以授受
一切
都带着魅惑的眼眸
将心变成了盲从的跟着走
还道此生怎么能够
如此幸运
如此无烦忧
如此可见
醉心何须酒

月婆娑

去月下铺纸研墨
挥毫写作
续一部又一部长长的章回小说
有爱的悲欢离合
更有你我

秋霜凉
单一的雪白颜色
再没了青苔深处的花开朵朵
有的
只是浩渺的烟波
零落着各自的寂寞
让深夏的暴风雨
别再来过
让所有的景
消减若隐若现的萧瑟
即便或远或近或凉薄
也都成了
有笔也难勾勒的描摹
只有那一个
怀抱玉兔的嫦娥

移步月中

飘逸着动人魂魄的婀娜

让人间长夜

不得不将思念垂挂于皎月

让凡人之心

不得不在仰望的摇曳中婆娑

带着记忆中最绮丽美好的那一页

将所有情话

全部洒落于星河

将风姿绰约

仔细编织成人情冷暖的新组合

将淡入淡出

及无法更改的框架骨骼

变成路遇无缘的所有匆匆过客

既无视对方情绪的低落

也无心于任何情感的纠葛

只在意棱角分明的各色人物

秉持所有禀性难移的性格

干净利落地铺垫

事出有因的线索

无一不是

反映现实的好事多磨

让穿行于似是而非的虚构故事

成为看破红尘巷陌的单纯执着

是碑字一样的篆刻
是船舶一般的漂泊
哪一回
哪一句
都饱含诸多无法割舍
以及爱意含蓄的闪躲

高山再高
也不是不能跨越
心再远
一样可以联结
故事再繁复
也不过是一个又一个矛盾冲突后的最终和解
一颗心
要的不过是安然平和
像月
无论怎样沉醉在宇宙星河
都属于万物一体的自然和谐

烟花风片

炽情之处有玄关

一心一意

才能绕开俗世俗人的游回磨转

生命如蝉

由不得年年天天寻彼岸

让岁月时光渐行渐搁浅

夜阑珊

大海辽阔

星辰高远

意欲将情感悬于云端

让思念变为载有飞鸟的画船

再扬起

千千风片

吹向人间

在夜晚

幻化成烟花迷蒙般绚烂

掠过刚好的华年

带着依依然的懵懵懂懂

去见

灵魂的另一张脸

即便可能是无解的谜团

也要陪在身边

用倾心爱慕的执念

或无言

或交谈

或干脆守一世余生的流连忘返

让未来的长路

无论有多远

都用有缘

唱尽惊鸿叹

效仿醉时欢

便能将全部思念兑现

让红颜

不改也不变

让担忧

再不会患得患失于平和与平淡

让一份贴心的安然

成为入驻心扉的温暖

让庆幸的祈愿

成就这首顺理成章的诗篇

不期而遇

总有一些落叶

会与尘泥

贴附于筋脉纹理的缝隙

形影相依

总有一些活生生的话题

凝于屋檐的雨滴

汇浮尘几许

偶然间的不经意

便与烟火气

结成一场出乎意料的不期而遇

像故事的结局

让人过早地知晓了谜底

明晰

通透

却无法拥有一份由衷的欢喜

只能静默无声地任由思绪

弥散于满眼群芳

都开放在花期

漫天的云

都飘荡追逐

仿若在做游戏

仿若所有的生命

都这般悄然地来

再不知不觉地离去

各有各的归程

各有各的路途

以及各自的开场序曲

一如水滴

再小

也要参与大千世界的风驰霆击

即便被搁浅

或随波漂移

依旧是

追光的光明

观夜染得荼蘼

成就存在的价值和意义

如屋檐下的一方积水之地

承雨落过

承尘覆过

承时光潋滟徜徉的长久孤寂

独与屋檐

陪伴在彼此守望的岁月里

让偶遇之人

不得不为之深深动容

这无人知晓

且无声无息的美丽

领跑者

地上结伴奔跑
无异于天上比翼翱翔的飞鸟
彼此前行有参照
才会了然前程的更远更高
彼此有照应
才更好
有了好景致
一起观其美哉美妙
有好的心情
可以在同心同频中同行同聊
再不会孤单
只想着如何如此相伴到老
直到
一个身心全然放松
一个自在于天地迢迢
让名字
成为人间神眷的雅号
且妖娆不傲
有胆识
有沉稳且不浮躁
只一心
谨慎小心陪护

一个能开心的微笑

用奢侈的文字

书尽长路漫漫的尘烟浩渺

用笔墨恣肆挥毫出

一幅幅

含香无骨写意的难勾描

让满纸翕动的心思

都是满怀的爱

不索要也不计较

一任身外的尘埃

层层叠叠的笼罩

一任矜持

渺然于这等的一般

身心位居高

不退也不逃

这样的尘缘

哪里可找

哪里就有多好

哪里有共同的目标

哪里就有无止境的相互依靠

勿流俗

活着
总要有一人物
做智慧灵动的仓储
既可免俗
也可与其共舞
令其所爱
可一同望向天外高处
遥遥楚楚
坚定于不言败的救赎
将俗尘彻底挡住
欣赏花开
任群芳好妒
自喜乐于各种相处
于今生
永远这样坚定地守护
无论哪一场的开始与结束
都是好归属
不计较赢输
不在乎多少获得与付出

只乐于这样的晨有晨露

暮有暮鼓

都是余生同途的相同沉浮

无所谓怎样迎接白天劳作

怎样将冗夜托付

快乐或悲苦

都是一样的幸福

因为三生有幸的缘

三世有运的眷顾

使得春蚕

总在绿叶中安然缠缚

使得夏雨

总在燥热的空间里

坠落了自己的全部

秋

不会因为自身的凉

就此停止前往的脚步

冬天的皑皑白雪

再纯洁的遮盖

也阻挡不了尘泥合流于尘土

不停止的始末历练

才能演绎

成长到成熟的脱胎换骨

落墨于江湖

墨花

总是落纸有出处

不会无缘无故

也不可能随意散落江湖

从许下心愿和誓言的最初

到一路向前的奔赴

两行脚印

都成了苍野莽莽间的前途未卜

一直到

全被覆盖成无

再双双踏上追梦的天意天路

任心旌荡漾

跌宕蜿蜒起伏

让灵魂飞出

无声绚烂的花火无数

才知晓

这一程又一程的山重水复

竟然都是

心心相印的画幅

每一笔的同心同涂

不仅是痴情泛滥的一场场浪漫摆渡

更是一卷卷被书写赏看的心诗新书

相互的鼓励

相同被搀扶

还有用意用心的眷顾

包括偏爱持续不减的热度

虽然也偶用冷酷

假妒

积存了故意而为的不忍睹

却

都不过是

只想无瑕疵

无异物

怎奈

欲念再满也无法知足

爱或被爱

假的

自然不会有这般糊涂

真的

才会这一番执拗于回头无岸的无归途

大北江南

天渐凉
飞越江南水岸
去看
清澈的水面
隐隐闪闪的波光潋滟
想北方冬欲来的凛然
怎抵轻轻的柔
舒舒地缓慢
荡秋千
便成了最贴心的体验
可留恋
可将其笑声
声声零落于水间
像梦里的相见
只一个转身
一个低眉
一个简简单单的喜欢
便再也不敢
看向任何他处

只与一己心悦的

那唯一阁员

同心同去无数个明天

去见高山仰止的连绵起伏不断

去感悟跨越岁月时空的把酒盏

去倾情交谈

将这份珍贵的尘缘

用诗词歌赋细腻体现

与天与地与万物

一起复苏萌芽花开的绚烂

以此知晓

生命无所谓在漠北

还是在江南

灵魂也无所谓

向西或朝东的方位

究竟是对错好坏的赌长较短

只一轮明月

便可咫尺天涯地相对视

相陪伴

人生所需

不在繁奢

只在欢喜

在心的简简单单

开片

如果没有这一场遇见

怎能知

瓷釉开片

可续响千年

且可带着冰裂之后

更炫美的容颜

于丁零清脆的偶然

用再现的纹脉

继续叙说从前

曾经

怎样在泥土里面

曾经

途经过什么样的思维变幻

曾经

被精心雕琢后的置身烈焰

最终完成了

脱胎换骨的蜕变

于是

开始了俗世非凡的尘缘辗转

与爱之人相见

或干脆

就成了被一路上的贪婪

颠簸着的各种不安全

最后

成了奢侈的旷世孤品

所演绎出来的一场接一场

讨价还价的交锋交战

是绝对的绝恋

也是天使来人间的高贵开端

即便

已在人间的风霜雪雨中历练

又何妨于更多岁月的持续奔波变迁

让俗世

多了邂逅和浪漫

少了南青北白的惊艳

继续与凡尘

或交谈

或孤单着极品的贡献

或如这些许文字

组成的这首诗篇

用以怀念

用以打发

一样是穿越岁月长河的时间

想被倚靠

今生
从未想过要什么拥抱
因为
什么都不曾需要
可是
却因为另一人的摔倒
想要一个倚靠
便有了想被倚靠
这做作多情的侠义
像受了伤的小鸟
疼痛里
依然洋溢着世间的美好
尽管受伤的身体
早有风雨雷电般的咆哮
似汹涌的波涛
从不曾停下来歇歇脚
依然觉得
哪里哪里
都一如既往地那么美好

生命

总有不可思议的奇妙

明明站在大雨滂沱中

却依然觉得没有找伞的必要

仿佛雨水的冲刷浸润

才能让生命更美丽妖娆

或许

这才是生命最真正的需要

在荆棘遍野的莽莽荒野里

不停地寻找

寻找那一束光

与己相互缠绕

让有爱的心

像红太阳一样

一起闪亮闪耀

尽管那光亮也会一如日落西山

在内心

时刻准备抛锚

只是

一颗固执的心

依然想要

可以给另一个人温暖的怀抱

哪怕仅仅是一次无关紧要的徒劳

依然想要付诸热情似火的千里迢迢

原来

这就是真爱的相貌

甘愿舍己为他

忘却于世间还有的烦恼

而所谓不爱

也不过是红尘无人渡的

诸多空空如也的孤单寂寥

礼物

自从将你变成一棵树

便小心翼翼地种进了灵魂的深处

承蒙过多的天赐恩泽

疯长成了参天的灵木

便不得不

天天挖掉树根的泥土

减少成长过快的苦楚

直到花谢

直到枝叶干枯

仿若一切

都已幻化成了无

连廋影都没了落脚的去处

才得以跳出

魂魄出窍的种种精神围堵

却到你耳边

将此进行了百分之百的倾诉

还补充了一些厚爱有加的新元素

将弱弱跳动的心音符

画出一个爱心大餐的营养图

送你当了最贴心的礼物

让无法灭掉的情愫

重新枝繁叶茂长成更壮的一棵大树

以此挡风雨

以此润心润未来

以及还要一起走的那些道路

从一个低维度

跨越提升到另一个新高度

让这无比难得的爱护

都成路上的车

都成河上的桥

都成飞天遨游的叠叠云雾

都成为眼下更加坚实的脚步

即便

偶有糊涂

或明晰出了更清楚

知晓了一切

都是为了走向更遥远的目的征途

让彼此

相互搀扶

相互帮助

为天地生灵

培植出

生动鲜活且快乐真诚的爱心祝福

忽晚

欲将心事落笔端

仅仅写了一个开场的悬念

转眼间

夜色便已阑珊

字句在纸上

还没有道尽最后一丝缠绵

晦暗

便一一来到近前

让满纸凄凄

令满念潺潺

不得不一一随了这夜晚

渐渐地

便全都看不见

只能随心嗟叹

他日即来的时光匆匆

别再如此短暂

别只是须臾

便如眼前这般渐行渐远

全都去了天边

繁星随了风散

只留下相思一点点
一篇篇
做了此刻此生的纪念
或成梦里繁华传书的驿站
留缘念
留眷恋
仿若物华天宝变物力维艰
知其难
所以坚守每一天
即便有窗外的车水马龙
喧嚣再次淹没了安然
依旧如昨日
将顾盼流连
堆于案前
一如刚刚还在的
思绪里的万万千千
见或不见
都魂绕梦牵
不过是几许瞬间
却恒定着永远的落款
是不变
也无力改变

我的笑容

杨柳岸边

总会有我的笑脸

随四季风

祥瑞着既定主题的不断扩展

不断向上攀缘

凭仗着天意成全

用这唯一的表情

抵挡岁月的变迁

与俊朗的少年

相守相爱

成天地英雄的霄汉红颜

壮观好看

细腻委婉

让喜欢

变成通透身心的温暖

不再孤单

再用这微笑

消减诸多愁烦

任恬淡寡欲

成为习惯

如此难得

只因灵魂的圣殿

富有金鞭骑士的勇敢

滋养着淑女低眉折腰的内敛

即便

书一行字

也是爱的箴言

即便

念古词一篇

一样盈盈融融着圆满

看破了红尘

便不再欲壑难填

只留这一抹微笑

挂脸上

甜在爱人的心间

最怕不难过

有花开结果

就有果熟蒂落

人间总有接踵而来的喜乐

用尽各种悲欢离合

即便云淡风轻翩然淡漠

却最怕

没有了从前的难过

好事才多磨

要哪般的无味平和

有爱

才有传播灵性的诗歌

有情

才有嗔恨喜乐的交织交错

静如止水

终不是文字波浪的河

想要的纠葛奔腾

无非是没用的恩怨是非对错

认真或大度随和

迷宫般

长吁短叹于

找不到灵魂的出口

且

又回不去的万般焦灼

真的放下了

结束了

再不能身陷其中的那一刻

又会多么地失落

生命

抑或是行路艰难的岁月

不这样

又拿什么来书写

悲伤可喜的喜悦

忧愁也可乐的快乐

以及怎样的无果无序无法琢磨

都一样是多愁善感的好生活

最重要的是

都因了深深爱着的那一个

怎能说

这样活一生

不是既可喜可贺

又是人间最值得

爱情岛

是什么

在大水中永久地抛锚

是情诗的韵脚

踩出了富有节奏的娇羞容貌

藏着失衡的微微笑

在落水的那一刻

被拥进了永恒的怀抱

从此

夜夜枕有温柔的波涛

日日接有或凉或热的水韵信号

无论哪一种

都是被爱灵魂的高傲

还有爱到极致时的卑微讨好

为自己的爱情

努力攀爬于爱情岛

艰于偶尔的无奈无聊

或忽然就可以的青云扶摇

还有日升月落的朗照

哪一种

都从容淡定着极简与繁杂的妖娆

让迷蒙的魅惑

层叠笼罩

让独具一格的神效

在相爱时

变成不离开也不能动摇的倚靠

把生命中所有的未知

都投进伫立于水中的城堡

让透明的纯净

合着苍穹的星光日月

随风絮草茂

遥遥飘飘

一路奔跑

一路嬉笑着逃

一路歌唱

一路忘情地舞蹈

即便有偶尔的吵闹

即便有不理不睬的孤单寂寥

也不过是酸甜苦辣齐全的味道

全部浸润爱情始末

酿出甘醇香甜的美好

如此

让满岛绿色丰饶时

依旧苍翠着春天的骄傲

待叶落枯黄后

变尘泥

依然成来年意欲护花的感召

即便有一个冬天的冷冽

依然挡不住

如此相亲恩爱

直到白头偕老

灵魂的花

这世间
哪有什么才华
不过是灵魂苦痛的根芽
利用修行的苦苦挣扎
借凡尘一支俗笔
醒着梦着伤心话
染墨点画满纸的残花
以及不知要说与谁听的大浪淘沙
是红袖年少独饮的清茶
再飘零随风落去天涯

原来
才华是
众里寻它千百度
云里雾里却不知它在哪
既是燕雀绕梁的难描画
也是叶舟为宅的水上人家

希望属于我的才华
可以绕过平淡的三餐

45

可以逃离柴米油盐酱醋茶
一如与我灵魂纠缠不休的眼下
独守寂寞中的一份清雅
只一个人高高在上
只一颗心低落凡尘
吐露几句花心灵魂的悲喜交加

谁说画鱼就一定要像鱼
执念成蝶成茧的灵魂落笔
不过是异样的指鹿为马
谁说画心就一定要用心
不过是心事的花开满枝丫
为着笔墨纸砚的归宿
找一个可以安心的家

无光的沧桑

总有人用死亡与存活对抗
全然忘记了身上的责任与担当
以及
还有的义务
以及
对成功的渴望
其实
不把他人放在心上
心里就会没有光
一心为己的匆忙
怎能为他人照亮
所谓的人间来日方长
不过是懒惰的借口
过早地耗尽一生的荣光
怎还会有力量

即便有锦瑟华裳
也挡不住人间层出不穷的寒凉
即便有旖旎瑰丽的眼中景象
一样挡不住内心无处向往的惊慌

今天

都是明天的过往

昨天

却可以成为今天拥有的成片金黄

毛毛虫

从化茧自缚到展翅飞翔

是鲜活生命哪一步都不能或缺的成长

更是活着应该有的好模样

云梦栖霞白鹿巷

春分后

再热的天

也挡不住秋风吹后

一场接一场的霜降

人生

只有自造光芒

才能把自己

活成别人企盼的希望

水上烟花

丁香蓼
假借了他名的水上烟花
晨迎朝霞
傍晚伴金鱼龙虾
一叶一叶
仿若菱形拼接的涂鸦
不奢华
却也开成了微微的动画
用绿翠红黄
净爽利落地显多种变化
绵延成片为网格般的水面贴吧
将有爱的牵挂
叠叠重重
无关水深水浅的多与寡
全部集于水面漂浮的家
无论何时
都能让连绵的梦
盛开于天下
一如神圣巍峨的布达拉
使无焰火的景观奇葩

成水之外祥瑞富足的佳话

且无惧风雨

无惧更绚烂的花火盛大

即便要为光阴易去

付出代价

一样会将无畏

嵌入俗尘生活的寄予

包括浮萍样式的赠答

不越界

不染利害之嫌的泥车瓦马

只关注经脉相连的春夏

是怎样的人

启用了这形神合一的花名

不仅呈现了自然过滤的浪淘沙

还以此暗示了生存的酸甜苦辣

简单且高雅

也透出了说不清的复杂

却由此

让人心

比之前

更加豁达

清清的雾

清清的雾
若有似无
像深情文字的长篇累牍
只开始
不结束
这是怎样的洪福
在漫长的故事里
深陷其中
成为最重要的人物
无论对错
无论赢输
都将所有的细节
变成情路上的花团锦簇
哪怕是
最不被想起的当初
一样可以成为
香雾缭绕的归途
笑靥相映的相思壶
伴香念情书
无论怎样的思绪

都是动心的神韵

有着挥不尽的风姿楚楚

即便故作假意不在乎

也是云里雾里的守护

是两个灵魂

被深情捆绑的双木

何时何地

都不孤独

也不苦

因为爱的人

一如永久般安然于心入住

是天上恒定不变的星宿

不会移动的曾有所属

也不会去往未知的天佑妙处

始终恒定在清清的雾里

尽情享知又不知

真爱的无限度

致爱

最初的爱
或许
只是初相见的内心期许
好或不好
都是可续可断的犹疑
如三月的风
吹来吹去
都不过是在传递春的信息
如一本无关春意温暖的诗集
放哪里
都是纸上书写的字迹
情绪
不过是作者和读者互动的关系

被认可的爱
是依然彼此欣赏
彼此拥有的不分离
如蝶恋花的玄机
无论食花蜜
还是品闻花蕊香气
抑或是将花粉进行天经地义的转移
都是痴癖的高堂雅句

可以拿来与流年岁月一起
迎朝霞焕彩的绚丽
等月落圆满的日期
仿佛所有的心意
都是世间无解的谜语

懂得了岁月匆匆
明了了生与死轮回的定律
才知道
幸运
源于挚爱千古难得的寻觅
得来
是多么荣幸至极
怎可不珍惜
不仅如此
还要用无尽的努力
与永恒的交集
让贪念俗世好奇的火苗
全部被专一代替
让爱心
成就一份奉陪到底的厚礼
送予所爱之人
像天天太阳升起
送给大地
是对万物生长的无私给予

饮罢

最远和最近的我们
或许是咫尺
或许是天涯
因缘共饮一杯茶
千里迢迢地将尘念都放下
伴几簇雪白芦花
将梦想继续放飞成
喜乐欢愉了久违后的知心话
了然这一世的你和我
一直是
一路走
一路被对方的梦所涂鸦
一边去除过往的旧印痕
一边填补着被改变的新技法
让字词句的泼洒
变成一幅难懂的画
要把
这遇见
书成一部嗟叹不止的芳华
也罢也罢
纵然有微风徐来的清雅
即便有花香幽幽的余魅高挂

怎奈得

这继续无言对饮的五冬六夏

再漫长

也不过是须臾过隙的卑微

说不尽

道不明

才错把

奢望的炫美

压缩成隐约堆叠的惧怕

世事怎能容得只有两人的天下

如此的灵魂家

也奈不了多舛必现的怠慢拖沓

一次次的繁复

一回回的纠杂

一样样的表达

只能让一切

在茶香散尽后

再从头开始吧

一棵大树

一棵大树
饱尝了爱的眷顾
立于天地
巍峨威武
成了风雨中不会言败的宝物
让有缘人
既能欣赏它的成熟
也能仰视它的壮固
更能了然它一路向上的种种辛苦
任想象不断回溯
它曾有过怎样葱茏的花叶满树
成唯美画幅
它让绿荫下
生出清凉无数
才获得人人认可的倾情付出
一次次描摹
青春泛海的澎湃宏图
让一程又一程的引领
全都成为最后的回忆和记录

在接下来的季节中

一展夏夜秋风冬雪的深深感触

将一景一路

变成欣赏者与之相应的灵魂托付

让万里江山的始于涉足

不只有风雨兼程的畅通无阻

更有前行路上的每一步

都能靠这伟岸傲然的一棵树木

行出千万里

依然能依依不舍于回眸的眷顾

所有远行后的路途

不论多远

不论多苦

都不在乎

只因这世间

有着深深的情

早被移植到灵魂的深处

疲累了

可以品它的无杂

困顿了

能与它的魂魄一起梦里沉浮

同歌同舞

醒来方知

自己竟能与梦中的彼此

相互体谅着心心相印的呵护

哪怕醒后还需再多走几程征途

也不得不慨叹这宇宙洪荒如此盛饶丰富

有本心不改的最初

有只一心于成长时

为他人遮风挡雨的虔诚祈福

有用尽所有可用可奉陪的无止境

自始至终都没有任何限度

翩翩于门前

花衣花裙花香甜

翩翩飘旋于门前

用清闲

结尘缘

即便秀色可赏看

也可餐

怎奈风吹头上发簪

是世间仅有的一对金银茧

如无瑕的珠帘

只一转眼

便玲珑成了首首诗篇

无论搁置到何时

都是拳拳的思念

再怎么沉甸甸

也无碍于长存在的春天

有温暖

有心不由己的惦念

假借门前廊下的清静悠闲

用情丝隐隐的不易发现

将每一天

都成就为开开心心地过新年

仿佛

牵了归心的箭

禅修了恒定的心安

别了凡尘的忧虑愁烦

守着继续大爱的传承扩展

坚定的作别

门外空旷的天

只与己心

交换意见

说一些暂离别

谈一些非再见

愿

只有这一种倾情祈愿

能够久获久存的永远

永远永远

画你

画你

无需用笔

仿若一对恋人

惺惺相惜在一起

无暇的拳拳爱意

似茉莉的花语

满满弥漫的

都是纯洁质朴的气息

素白无斧斤雕琢的痕迹

是上天赐予的真手艺

一开花

便锁定了命中注定的胜局

或许

也会败给颜色的绚丽

锦簇或许也可以代替

但终不过是如此想想而已

精神溜号的片刻

这须臾

幽香又起

对接无丝毫的缝隙

仿若一场浓香的宴席

幽幽无替代

丰盛无比

考验了所有的东西

也回答了所有的问题

只因世间有你

让见到的人

自以为的情绪

是禅意

若潮汐

实际上

却是因为香透了心脾

让整个人都不得不沉迷

在只一种的香里

画出

我与你完整且完美的相遇

藕花香

坡下

一池藕花泛香的石板路

伫立着仙子倩影的温婉楚楚

带着相思的微苦

看情书

看藕花随风舞

顺带着己心

跟着一起飞扬出

不再笃定任何的无城府

天真一回

像蝴蝶的触角

和对翅对足

无论翕动于花叶茎

还是伫立于细细丝丝的脉露

都是深园花木

落隅角

落衣服

不过是一经轻轻地碰触

便将美丽的飘忽

于眼眸

映入成画成图
像相爱的两个人物
从一见如初
到相爱后无视于世俗
待一语箴言
全部锁进
只存情话的宝库
一任身心在世间
继续体味真心呼唤的幸福
了然于藕花香
不过是源于淤泥在最初
对根部的稳固
包括水缠绕的滋养防护
阳光的温暖和温度
季节年年不失约的脚步
更有品味花间的雅兴诗赋
更有画笔一挥而就的技巧娴熟
无不是对内心最真切的感悟
没有香香的爱
便没有这一般为花倾心得太在乎
没有香香的被爱
便没有这一见如故后
不再拥有自由的余生托付

假装当路人

佩一款鸳鸯剑

着一身素长衫

去尘飞土舞的路边

看

能不能以刹那的出现

武装成给自己的表演

即便有真情存于心间

也权当成树影婆娑的寻常画面

芊芊的田园

一番回转

便在彼此内心的天地

被娇宠

被霸占

影响了春观夏的迟来珊珊

拖延了冬将临的不温暖

好像整个世界

已然没有了扯不断的尘缘

世界之外

又不曾有须臾的流连

相思人生

依然如从前的景观

走到哪里

都有另一个人

不只在眼前

在身边

更在心里梦里文字里

处处彰显

包括空白

包括标点

包括欲挥的双刃剑

还有欲将相思顷刻斩断

奈何

已经缘牵了五百年

还要再续万千年

即便有了当路人的悬念

假装

也不过是相爱太深的欺骗

弦上语

你花期采的蜜
樱黄如玉
是图腾的圣灵
喝下了与日俱增的虔诚
驱散无所适从
坚定生死与共
只一个接一个地轻吻
便让思念
变为夜鹿茸茸
不过是一闪而过的短暂相拥
带来的
却是从一而终
由黎明到黄昏
由春夏到秋冬
不计较岁月已经去意匆匆
仍固守那场半醒半懵懂的美梦

很想跟你说一声
谢谢与你一次又一次地相遇相逢
在被凝固的时空

将初始不变的深情
奉予各自的灵魂
用有别于他人的句句叮咛
使得这有爱的故事
再不被路人仿用
即便有临摹的赝品
也定然描摹不出原味的纯正

人生惊鸿几重
不过是幽涧古村里的云松
继续屹立于远离红尘的山峰
很庆幸
这弦上语
虽不过是首无词的心声
却只有你一人能听懂
即便未来会有凡俗的妄评
也会视若无睹
无动于衷
只因
这一模一样的心事
即便有雪月风花的风情万种
也只能容下
我们两个人的身影

随和

天有星辰日月

有白昼暗夜

有不同天色

我们

却有天然相同的随和

一个

总要跟了另一个

同看夕阳西下落山河

在一起

高挂于梦中楼台的亭阁

用笔墨

写一样的诗歌

给人间

留一份文字表达的珍贵与值得

这人间

谁不是这样

将好的日子如此度过

看哪里

都有美景色

听哪里

都有心声流淌的情歌

即便有了寒冷

即便有了燥热

哪怕不见了隐匿的随和烟火

何又惧怕那么多

都已经成了

生命和命运的同在

同行同步同时刻

那么的层层叠叠

再也分不开的你我

或从来就不知谁是根枝叶

谁是花叶果

而这一切

都是上天刻意安排的

从一开始

就是暗合天意的默契结合

淡淡微微凉

微微淡淡的凉爽

展现着少有的惬意舒畅

即便有少许的恣肆张扬

偕同着可以未卜先知的温香

驱散不必要的慌张

了然四季的脚步

不过是换了一个头像

换了一套衣装

丝毫不影响

所有的以往

一切

还都是原来那一番原样

都在心上

且仍能日久天长

成了固定画框

满满盈盈着随时可看的景象

有月亮

有夕阳

有云满天的飘荡

更有好看的故事里

最相爱的好时光

且都不会被岁月

或泛白

或润黄

且都用新路上的同行脚步

继续变幻

或迥或异的新希望

让

未知的翘盼里

有更多的随性狂妄

哪怕不被好生生的酝酿

又何妨

或许

那样

才是用一生才能等来的生长

是灵魂鲜活的模样

是生命得以延续的土壤

如果确实没有错

只需转身

必定会有一首再次更迭向上的诗行

字字闪亮

句句有光

且百分百地成为

念念无憾于珠玑璞玉的思绪宝藏

夜妆

正午的阳光太亮

心灵深处的杂念无处安放

即便是心中的王

也没有恰当的位置

继续坚持信仰

怎样躲藏

最终

依然败给了世人的眼光

命运的魔手

怎能轻易让人自作主张

刻意张狂

只能翻云覆雨掀波浪

让纸短流长

让心绪无法伪装

凭借假装的坚强

又怎能抵挡爱恨情仇来临时的狼狈模样

即便用了胭脂浓妆

也遮不住其貌不扬

俗念的夙愿

永远无法逃离阡陌街巷

不过都是竹篮打水
白白地忙了一场又一场

如果有一天
都不在这地上
希望上苍
收回所有的慈祥
痛苦虽然让人受伤
却可以让人真正地成长
蓬勃的生命
总能滋生出无限的光芒
既能照亮前行的路
也能让真心不再彷徨
新花枯树
心事几两
待交了春
一切沧桑
都会变成普普通通的凡尘寻常
再不用
无尽的希望
填充那些
填充不了的心意渺茫

好看

亲自设计了一个不了缘

不用续接也不会消减

或是字句繁复满篇

或是无题无字到

空空寥寥的无坚不陷

且全世界

只这一款

既可用来纪念

也可将其存放心间

天冷时用它取暖

天黑时用它当灯盏

如果偶尔觉得孤单

也可捧读它

作为消遣

此一番

或是一种陪伴

或是一种颐养天年

尽管

怎样它都无声无言

却依然能在你的世界

掀起一些微澜

因为

它是我传递出去的永久思念

无论在什么样的空间

都能将质朴真诚的情感

化作无声的倾心交谈

是付出

便无需回报任何的情感

因为爱

只愿在你的面前

无论过去了多少天

多少年

都会保有原来的美艳

不变

不减

却越来越好看

飞流直上

天上人间

目光所系

飞流直上

只为与你相见

看你英俊容颜

是否一如当初的少年

把酒狂欢

戒掉妄言

说着要永远

便开启了沉默的可圈可点

仿佛世间的一切

再与你无关

其实

实话实说不再收敛

已经道出了真爱满满

这世间

谁能故意错过这样的瞬间

谁不愿意将这样的须臾

放在内心或更深或不能再浅

但唯独怕你发现

只能

在你行路的某块山石路边

远远地看

深情地想念

即便身边有流水潺潺

有月光涟涟

树影随了风

不间断于婆娑的摇曳

落英一般

碎了一片又一片的地面

原本就以为

如此

都是因与你相同的惦念

让两情相遇

都欢喜于这样的纠缠

都喜欢着相同的喜欢

使得这情爱

再无需任何承诺

任何许愿

那天的少年

纤细手链

牵住了漫漫的万里河山

让那一天的少年

定格了惊鸿面

翩翩在朗朗的晴天

风拂木亭轩

轻拍栏杆

看浑身洋溢的诗书成卷

嘘叹

爱情

怎就神妙地挂了这条红线

推助了豪情壮志的盈盈丰满

为志上星宇的浩瀚

顾问于眼前

哪一个

不想八方外或驰骋草原

或边陲锤炼

让自己热血沸腾的豪言

可以气冲霄汉

让志气的悠远柔情

一个高挂天上月阑珊

一个深深藏心间

心无爱恋非好汉

有红颜的羁绊

或许

才是生命精彩的无限

有力量奔涌的源泉

有相爱的美眷同舟船

同看同心莲

同乐同比肩

用一生的不离不弃

赏垂垂老矣后的欢喜依然

念年纪轻轻时的载笑载言

还要在来世之前

做好一眼相认的必须遇见

让无畏于艰难

告知浮云勿错判

怎敢将这好情缘生生拆散

一定要用尽天意成全

因为

命运的偏袒

才能同修这五百年

才有这难得浪漫

爱情烛火

我要点燃一盏爱的烛火
像聆听悱恻缠绵的情歌
在暗夜
看着越来越明晰的光亮
还原当初最单一的本色
用以淹没
再不敢来打扰的寂寞
与另一个我
一起创造一个
不想逃离的枷锁
独守
这无人知晓的快乐
任生命
在岁月中不停沉落
抑或
蹉跎

我要写一部长篇小说
既用情于爱恨缠绵的书写
也专注于情未了的笔墨
执着于相濡以沫
完成各自飞蛾扑火的壮烈

且听凭于直觉
了然真爱的没有选择
成就这
最完美的难以割舍
即便将所有的机遇都错过
也只能假装把红尘看破
坚定的无憾
谁是作者
哪一个成了读者
本无所谓
都是字里行间的匆匆看客

我要守住这弥美的静夜
如此这般
只因一句承诺
仿佛
这固执精细的描摹
映亮了蚕月外的蓬莱仙阁
仿佛
这是必定要进行的雕刻
是赏了一阕青玉案
是读了一则定风波
再不怕徐来的清风招惹
花瓣纷纷飘落

人生没有如果

不闪也不躲

洒洒脱脱地挥霍

让每一分

每一秒

都很值得

云飘星烁舟船行江河

这世界

云满天满天地飘荡摇曳

一刻不停歇

怎样地游走

却只变形不变那单纯的颜色

只白

只灰

只水墨泼洒的结果

变化万千的神秘莫测

却让人心

寄予了奢求过多

哪一个

不想停下来歇一歇

可人心

正被时光载向未知的彼岸

追寻着一直都在寻的快乐

不知疲累

不进难退

星光

借了几分天宇的余热

反射微亮几抹

让舟船上的心魄

夜行于江河

也有方向

还不寂寞

且比相爱的人心

多了太多的波澜壮阔

以此了然了你我

不过是极其渺小的

不能再进行任何的分割

完全是合体的一个

同心的今生相约

同名的今世结合

无论身心

还是魂魄

都聚集了前世太多的牵念

包括

时时在相爱的

自己都无法为自己

做出意欲反抗的直觉

包括错觉

天意

总要执行于

天选认定的幸运者

第二辑

醉花缱绻·细雨相思伞

醉花缱绻 细雨相思伞

想到你

就想到了醉花的缱绻

摇曳

不过是借了细雨相思的伞

把你留在身边

共同沐浴灵魂的悱恻叹惋

还有情丝万缕的阑珊无怨

只是很遗憾

这转瞬即逝的流年

怎能将这须臾的片段

变成恒久远

不过是白驹过隙的一个瞬间

说什么你情我愿

都必须留恋

却真真再不能

在世间重新上演

流水一路向前

没有余地可以回还

除非

化虚无去高天

满宇宙的成风成雷电

成暴雨成雪花漫天飘散

怎样能回到了从前

也是妄想不能再见的艰难

只能在这一刻

用心润笔墨

写下诗篇

让字和句的缠绵

白纸黑字成

这

不怕转身

也不怕渐行渐远

更不怕就此走散的人间尘缘

因为

想要的浪漫

已被定格成难改的画面

画里纸外

都是真爱的誓言

纸上的故事

月白春来
不过是又一场轮回的朝花夕拾
燕衔草泥飞屋檐
催促着素衣秀发的韶华易逝
牵不住岁月的风疾
只能将所爱换成满纸故事
尽管是一首无韵的婉约词
怎样相看
都是手上刚刚涂抹的胭脂
有些许可见的瑕疵
即便嵌着入心的情思
也要一心盈润那定情的宝石
即便闪着入骨的相思
也不敢把光回应给你
只能无奈地锁进心底

变成无人知晓的秘密

星明秋去
你依然无知地舞文弄墨于斗室
身影伴纱灯
俨然是著作等身的翩翩才子
朱藤缠龙树
浪费着脑汁
闲置着伶牙俐齿
怎奈
你只钟情于蒹葭古寺
是风都吹不到的天涯之畔
是雨都刮不到的海角之畔
回过头来
只能是
各守各的城池
各写各的文字
从生到死

露珠落纸上

越来越不怕夜长

虽然秋风已渐凉

草叶更爱微寒凝成的霜

怎奈牵念似露珠

落于纸上

一颗一钻石

全部成就了写不尽的相思文章

都说好梦会一场接一场

怎奈有朝阳

不得不醒来

醒来

一切

便不再是梦里的模样

可怜了一片贪心

全部凋零于清冷的灰瓦篱墙

绿树雨帘木窗处

有蜘蛛

逆着光结网

一意孤行地将执念

全部挂到了蛊惑心扉的细丝上

像包裹缠绕着的秘密

只看一眼

便比之前还惊慌

这原本是可以预测出结果的人间沧桑
可怜了一晌贪念
全都凋零于安静的竹枝坡岗
让逆光结网的蜘蛛
将执念
全都挂到了蛊惑心扉的情网上
像缠缠绕绕的心事
比之前冷静时
还彷徨

都说在爱的王国里没有谁能不受伤
世人却宁愿前赴后继都要去爱河走一趟
殊不知这人世千年不倒的圣殿
根本就是博弈
即便无奈地闭了双眼
关上了心的门窗
也改变不了狼狈不堪的因果报相
到头来
都如水之萍地随了心上人
舍用余生
一起去飘荡
英雄没见几个
哭着喊着的
却成了大片的汪洋
即便如此
人们依然嘴上说苦
心却乐不思蜀地守着
这无解的有爱天堂

给你制造一场浪漫

想给你制造一场浪漫
在一棵树的下面
携几缕温暖的风
于千顷无边的绿荫之巅
舞翩跹
让你看见
让你驻足流连
借此
有这一阕
鹊桥仙般的诗篇
使你成为给我遮风挡雨的一片天
或只专注于我一人的双眼

想给自己制造这场浪漫
趁青春姣好
谷雨的春草还很香甜
将自己的最美

以这种方式
落你心间
给你
我天生自带的固执与内敛
你或许不懂
这只与你一人有关的表演
才是我羞于说与你听的告白真言

人世间
总有龙葵相守的半边莲
只因花开半朵的两不厌
才彼此成全
即便夏至有微寒
秋来不再温暖
也都不孤单
因为
到了冬天
就可以一起落地成尘泥
永生永世纠缠

睡莲

只因这世间浊气太重
睡莲
便成了另一种明灯
为迷路之人送光明
给灵魂以出淤泥而不染的警醒

或许
是因为人间确实有爱
莲的一生
才会被人极力推崇
从弱小的一粒种子
到花的叶
花的茎
花香陨落后的莲蓬
成妩媚的缩影
成洒脱的象征
映日荷花的别样红
高低错落地摇曳风中
与人类同在的靓丽风景
让人不得不敬重

它的静美娉婷
它的傲岸临风
它是世间无可替代的生命

白天
睡莲绽放着从容
一刻不停
仿若舞动着迎风开合的美丽花屏
引翠鸟叶上放歌声
还有翩翩栖落的蜻蜓
夜里
睡莲携手皓月
久伴宇宙时空
引多少世间的英雄
把酒吟咏
千古还在流传着的风雅颂
成就了荷塘的晶莹剔透玲珑
让我于今天
能
白纸黑字地邀约了
另一个仿若我自己的你
一起赏这永恒的光明
一起在花间如风地度春夏
过秋冬

我于深潭等你

你是注定流进深潭的一颗水滴
一路颠簸
聚集了太多的精华瑞气
毫不犹豫也没迟疑
飞流直下到我的怀里
从此
安心于幽幽碧绿的深潭
了无所有声息

你可能不知道
我一直在这里等你
期间
任谁奔来
都是不被需要的多余

只因我想与你一起

迎着晨光给灵魂沐浴

在绿叶细细的草地

追五彩光影的旖旎

然后

到你蚕月绕桑麻的梦里

窥你慌乱中的假装心安

瞧你拢着快被露水沾湿的那袭布衣

笑你再也藏不住的秘密

破解你自编自演的内心戏

再然后

倾情倾心地

与你一起

成就成全

这旷世难得的

天意奇遇

一别天下

曾经的繁华
都已成过去时的秋冬春夏
都是渐行渐远的天涯
都是一幅又一幅再也无法鲜活的旧画

落英融进尘泥
无香无形无痕
即便有星星点点的灵魂
也嬗变不成飞天的祥云
即便念奴娇时浣溪沙
也难逃无话可说的尴尬
都是铺纸泼墨也难于走笔的书法

即便两人一马
也不过是暂时的佳话

看朴素的芦花
满眼满际的纯白无瑕
夕阳落尽
静待朝霞
如鹊桥仙里的牛郎织女家
只一樽难续的粗酒
合着天天捧饮的两杯香茶
从青丝喝到白发
素雅着清净
清净中的风奢素雅
一别天下
只为一枝蒹葭

女儿美

女儿美
不知为谁
带着娇羞的妩媚
梨花坡上彳亍凝眉
不看山不看水
只顾盼吟咏相思的轮回
让看到的人
心醉

喝咖啡
一杯接一杯
让胡思乱想
熬成整夜不睡
到了黎明
再用面具遮盖满脸的憔悴

包括身心的疲惫
因为
只有这样
才能了然痴爱癫狂的极品百味

又见你
漫步于坡下
擎一把遮阳的纸伞
翩跹百褶纱的衣袂
时不时地将木柄下的流苏花穗
全都顺成月儿弯弯的晶亮湖水
即便如此
不经意地一瞥低眉
依然带着知进退的智慧
为着某个心上人
想尽世间词汇
带着无言无语无怨无悔

画于心上的胭脂色

自从有了相思
便有了胭脂的颜色
银红搭一抹支荷
蒹灰配几许月魄
选一些润好温柔的笔和墨
在纸上
将一袭霞衣勾勒
于傍晚
趁余晖的火热
染上胭脂花瓣
一朵又一朵
全部飞向有你的角落
如此
只为传你一首可以了然心声的情歌

都说
两情即便相悦
也有可能爱而不得
可就是
这只见一眼的没有错过

便好像前世命定了因果

只在这一刻

才无隔阂

且全部交付余生所有的耳鬓厮磨

不怕静好岁月从指间流过

不怕有限光阴被无限蹉跎

自带天生的喜乐

于喧嚣吵嚷的众生身边

如溪水透明融入大江大河

无一丝杂陈

且柔婉大气通脱

用心用意

画一艘停靠在心海的船舶

把所有无关的俗色

都决绝无情地割舍

用真心描摹

用真情雕琢

只为

渡一个你

也渡一个我

用心上的这些胭脂颜色

替代世间无需借用的所有承诺

鸳鸯煮雪

绕醉玉如雪的山脉
借几许朗月的光
掬一捧昆仑深埋的白
拾一些落柴
融成水润的琼浆
给心田滋养灌溉
再煮一碟余韵的馨香
置于窗台
变成天天有你的存在

篱墙内有欲飞翔的翅膀
借靠你崇山一样的坚强
当我的拐杖
用你执着的信仰
架盟约的桥梁
用你的能量
压下所有无用无常
绣成一件炫美的华服霓裳

随手挂到能通往未来的方向
既可以穿到身上
也可以锁进心房
让念念不忘的终极渴望
在哪
都能变成暖阳
并将这一生一世的痴狂
全都演绎成旷世无双的绝唱

人生再长又怎样
根本不畏天地荒凉
爱无疆
只要你在
又何惧昆仑的雪冷
只几许温暖
便可以成全这尘世仅有的煮雪鸳鸯

不一样的色彩
变幻成相同的爱
还有与之相同的被爱

东方既白

东方既白

不过是淡如尘烟的色彩

却能透过清晨

映醒石阶上的青苔

一边顺墙漫向窗台

一边继续迷惑沉睡之人

无法从梦中醒来

空惹盈盈泪珠

到镜前摇落曾经的那些等待

傻傻地以为

一厢情愿的故事

还能再次彩排

无法上演才知

终归是几多酣梦

岂能让虚幻将现实替代

梦里梦外

都傻得痴狂又可爱

假如硬生生地爱了

也定然是这山没有那山高的失败

几番调教

也都是各自的不能悔改

殊不知

每个人的心

都时时刻刻地跳动着不断更新血脉

离不离开

都需自渡于情天恨海

即便把所有的青春

所有的旧事

及心上之人

全部当成昼夜更替的非黑即白

这世间

也没有从头再来

即便有

也不过是前人哄骗后人的假关怀

只有爱好独一无二的自己

才是一生一人的最清闲自在

青青的山坡

去青青的山坡

打坐

不看芸芸众生

也不怕寂寞

小寒大寒

雨水惊蛰

任四季岁月在身边往来穿梭

观行云流水

登亭台楼阁

暗自庆幸

灵魂的花朵

明明开在凡尘

却没结媚俗的果

执念不被蹉跎

乌雀呼晴的苏幕遮

禅念着婆娑

静看群山壮阔

明了峻岭缘何巍峨

深怀诗意行走江河湖泊

参透都是人间客

却有人欢乐

有人备受折磨

有人置身蝇争血的火热

有人全然忘记轮回往复的对错

沙青烟灰月魄

都是颜色

善念用善心描摹

何惧飞蛾扑火

人生的哲学

才是知行合一的必修课

为不负曾经的许诺

日日夜夜

挥毫泼墨

只为画出好看的生活

献给另一个我

生死恋

最惜生生相错的彼岸花
只刹那的芳华
便耗尽了所有的花开前
绿叶所有的心愿
即便当护花陪衬得最简单
也仿若昼夜交替的出现
天涯两不见
如此
偏偏就成全了这生死相恋的缠绵
不仅有你情我愿
还都在凡尘之间
年年岁岁上演
这不得不让人心疼的脉息相连
却生生世世都无法携手相望于
共赴生命相拥圆满的彼岸

花说
多想在有生之年
给你看我娇美的容颜

给你看迎风招展中我的勇敢

给你看我三生三世都不可能的改变

给你我只想护你一人生命起落的周全

只让你一人看你给我的这红花摇曳的灿烂

花还想说

如果生命可以角色对换

我便可以做你花开不见的叶片

让你也在风中尽情伸展

你整整一夏和深秋前的美色妖艳

所有这些

即便我一眼都看不见

又如何

都是宇宙过客

绿叶原本就是护花的使者

奉献了一切也值得

可是

花什么都不能对叶说

因为

花开的那一刻

就注定了要与自己的叶

生死相隔

再无尘缘

梦幻相依

想相依

如蛛网挂结到高高的绿篱

倚靠着你

从此不离不弃

只可惜

有再多的问候也不敢多说一句

有太多的想念也不敢全部告诉你

怕没有了距离

便没有诗情画意

叹人生

怎会如此这般的神奇

世人万万千千有多少个亿

却偏偏只喜欢了你

仿若一朵夕霞就是一幅磨砂的涂鸦

不在冬天

只能在盛夏

即便挂到天边

也像变了颜色的雪花

没等捧到手心儿就已经融化
好像人间的哪里都放它不下

待有闲时
捡一条不透明的薄纱
袭一身无妄亭式的烟色禅衣
于梦里
去见你
即便一个丝丝缠缠的无怨无语
即便另一个含蓄藏匿着恹恹的爱意
哪怕全部虚幻着深刻情趣
哪怕只几许
也要为这相依
寻一隅天地
为这尘缘
认真书写每一笔

人间的戏
说不清的才美丽
人间的相遇
不聚才不散
不聚才不会分离

玉上烟

你
怎一个美字了得
漫步石阶
纤手弄书香绕着云纱丝线
不顾盼也能生云烟
善与枝叶飞花交错着缠绵
惹得看字之人
看得心事生茧
梦里梦外都是想念
千古流传的佳话
白衣款款的少年
翩翩续接着今生未了的尘缘
从不曾改变
想要永远
真的不难

一纸笺词写满

真心喜欢和爱恋

深情如水中的画船

即便在白天

也可以让木楼阁栖有双飞燕

相依相随

每一刻都在面前

如此

余生每一天

即便一个人

也再不会孤单

因为

另一个自己

已在灵魂里悉心陪伴

无论走出多远

都不会离散

因为

自始至终

都是同心同行于同一片天地之间

天意

曾在迷茫的五月
与你不期而遇
在夕阳西下的彳亍里
收到你的信息

你说
一起走吧
把我的肩借给你
我沉默不语
心
却无比欣喜
我知道了
这一念里的这一刻
成了我梦里预见过的归期

你说你的梦里什么都有
我想说
我永远不会让你见我的消极情绪
因为
我怕你只喜向上的努力
怕你只爱正知正向的自律
而我
不过是个只爱写字的小家碧玉

劲风吹进草莽

花种落进尘泥

这缘

既是前世注定的邀约相聚

也是共修来世的提前相遇

不敢庆幸

只能珍惜

让心花开成锦瑟霓裳

让情思

变成难忘的纸上故事

有人说

世上万千别离

不外乎是不看也会有的厌弃

都是命中注定的结局

你我

却守着另一个自己

死心塌地

用凌寒傲雪的文笔

借百鸟栖息的琼篱

把心

全部交给天意

把诗词曲赋

融进未知的四季

用以成全

这灵魂相通的默契

以便成就这

天意创造的奇迹

独白

欲写一首有爱的诗篇

每一行

都必须写出有你的模样

像蜘蛛结的网

丝丝绕绕地闪着蒙蒙的亮

像秋鸟在月光美人的黑白间歌唱

落几许秋意的微凉

合着沸腾的水

旺了茶庄

却给心

徒留下莫名的惆怅

还有隐隐的悲伤

仿若被摇醒的一瓶王朝

遮了一抹玫瑰色的唇香

在街尾的酒坊

将记忆

无限地深深封藏

不再思量

也不再奢望

只默等无数未知的黎明曙光

一任秋去冬来

凡尘旧人来新人往

翠微的半夏

日夜清扬着灿烂的金黄

红烛暖映西窗

叹过的夜

更漫长

无论在哪都会有悲伤

都是少年时的轻狂

都不外乎少女矜持的端庄

都不过是将所有的情话

挂到月光之上

独守天地一片片的苍苍茫茫

至此

远方有了佳人

至此才确定了人生方向

至此

无论怎样活

都会呈现出生命不屈的模样

送给你

为答谢茫茫人海的这场相遇
我要把我所有的诗
都送给你
不只有桌几上的诗稿
还有不能说与你的秘密
不是必须如此这般的刻意
是不能泄露俗世天缘的玄机
怕搅扰了这旷世的传奇
仿若帐中玉雕的香鹅梨
仿若待写的华彩诗句
仿若坚守了一生的不离不弃
是命运馈赠的给予
是我最奢华的一份厚礼
有痴情
有爱意
更有我眼里心里都一直保有的你
是人间修行的阵地
可栖息

也可沉迷

一如红尘的青藤缠树

必须相靠相依

用安然静守的默契

守着任哪一个都逃脱不了的命中藩篱

不只有被禁锢自由的灵魂

更有余生路上的泥泞崎岖

即便如此

这痴情戏里的真情演绎

也不会中途夭折

因为

难违的天意

让我和你共赴三生石前

才能见到谜底

因为

一切都已从梦见结果的那一刻

被眷顾

被呵护

不只是尘缘情深的修饰

更是期许同修同行的结局

做我要做的那个人

做我要做的那个人

安静于某处

看太阳西沉在滚滚红尘

看彩云在月圆之夜

向玄兔飞奔

在遥遥万里的征程

什么都不问

只守护上路时的初心

迎风迎雨

迎冬秋夏春

将自己

想象成梦幻的化身

用素颜的本真

用美玉如雪的轻盈

在岁月沉积的幽香中

一刻不停地向阳而生

且为自己量身定做一个又一个

高高在上的标准

用不屈的灵魂

认真地将与世无争的努力奉赠

用淡定的从容

化缕缕清风

始终不变

为众生苦乐心怀的一往情深

即便是懦弱的女儿身

也要用虔诚之心修行

用孤傲不羁的个性

完成鸿鹄飞天的使命

让爱自己

不仅仅是一句空口无凭

而是生命对生命的景仰与敬重

让理想和美梦

变成一切快乐的源泉和憧憬

不只呈现在今生

更与来世的绚烂

在重复的轮回里

做一见钟情的邂逅

夜阑珊字缠绵

月色阑珊
云在天边
万千故事
滑落纸间
烟花残片
飞鸟画船
流连流连

昨天很慢很慢
因为要等报喜传书的鸿雁
很遗憾
一切
都成了遥不可及的万里江山
昨天的月很圆很圆
傍晚的天很蓝
云也很缠绵
想着白天无聊时创意的那些片段
停下脚步安静地看
云
仿佛不再是云
而是景象万千

月
仿佛也不再是月
而是捉迷藏的小捣蛋
瞬间
所有的俗世喜乐
以及悲欢
都在孤独的云和婵娟的月间
上演
哪里还有什么望月赏云的悠闲
拿出手机
拍下这美的瞬间
只待日后
将这画面
与我的字
结下尘缘
并在未知的某年某季某月的某一天
将它变成或电影的拍摄
或长篇小说的开端
或干脆
就是被某人喜欢的一首诗
被端置于自家几案
而这一切
皆源于我散步时无意向天际瞥的那一眼
仅仅是一眼

Chapter II

便成了这已经是白纸黑字的久远

昨夜踱步

东洲河岸闲情墨染

笔舞诗篇

千绪百念

有爱成全

闲情墨染

笔舞诗篇

无怨无憾

妙笔生花

妙笔生花的手
梦里才有
是福润人间的才学
在纸笔间带着自己行走
凝眸思忖
有善意深深的深厚
敲击键盘
像情意浓浓的禅友
日日夜夜
为春花秋月掬几捧温馨的隽秀
为岁月飞花可以高挂心头
字字句句
成为珍惜的保留
也是心底的闲愁
无忧又有扰地摇醒
一次又一次心花盛放的前奏
以花期成迷的不败
安然于鸳鸯梦似的痴心相守

原本就是天意被爱的恒久

是星星与月亮

在无边浩瀚的宇宙

或并肩

或合谋

是战斗

更是在黑暗中

借彼此的光亮

于天幕上

同映同修

看一眼你的脸

你的脸
怎么看
都仿若我今生的现在和从前
有坚毅
有果敢
有不易被发现的
跟我一模一样的心愿
白天
是知识绽放的呈现
夜晚
是智慧的星辉璀璨
即便无言
也有暗香浮动中不想错过的情深尘缘
更有
只想与你一人报备的喜乐平安
即便有人规劝
也要固执己见
只因要在未来所有的春天
留住所有的浪漫
一如无茶也香的酒馆

只因要在未来所有冬天

与所有的雪花缠绵

一如棉絮里藏匿了太多的温暖

只因要在未来的夏天

与未来的细雨聊天

要倾尽灵魂里所有的愁烦

要让身心

在绵绵的雨水浸润

变成可以融入更多心事的空间

当然

还要在未来的秋天

与渐行渐近的微寒

讲述今天所有逝去的花间美艳

因为

记忆的美好

都成了永远无法消失的过往片段

原来

我倾其一生找寻的

不过是最真实的

我自己的另一面

而所有未来没来的一切

只有你在

才会圆满

你的美

你的美
是深邃辽远的湖水
粼粼波光
碎玉似的陶醉
只一瞬
便打败了千年梦魇里的雪花纷飞
沉静不争
也无嗟悔
所有的安然
都是给予人间最真诚的回馈

你的美
不流于俗尘
是异于痴人说梦的夜不能寐
一如诗词歌赋里的两情相悦
心意相随
是红唇丰颊
是明眸细眉
是雅奏曲终后长久的回味
是落叶无声却不现残秋天凉的
不疲惫

是人间情更浓
是人心更可贵
是加持呵护着芸芸众生的爱抚

你的美
总是山外有山的天下
情侣的不离不弃相追随
有爱和被爱
才能让生命鲜活
没有丝毫的衰弱消退
因为
活一世
总要无怨事与愿违
才能让心灵
滋生出更诗情画意的斑斓妩媚
逃不过宿命轮回
便不惧芸芸众生的孰是孰非
毕竟
何样的美
都是可以炫人耳目心绪的玄妙光辉

去三界之外

去三界之外
写人间百态
将自己
完全剥离出来
只一心
写人间种种的丰富多彩
以及各种不顺遂心意的悲哀
在四季的往复中
携幽香幽静
掠玉树临风的美人如玉的色彩
带着春夏秋冬都会有的悲欢喜乐
和着风花雪月永远都不会消失在人间的存在
将婆娑摇曳的爱意缠绵和温婉斯文的古风少年
——写成蝴蝶常守的花开不败

人生
其实就是无数个生生死死的轮回替代

知道了所有的情怀

了然了万物复苏生长得愉快

安然于对挚爱的沉迷

还有无穷尽的期待

耗尽所有

让生命

在一路风雨兼程的过程里

清醒地明白

世间美好的万事万物

都由不得自己任性而为的意欲主宰

但是

可以一如现在

用文字

记下所有的点滴

待来日方长后

全部交给未来

以星以月以为媒

星月为媒
为的都是谁
人间的人
都在认真诉说自己的伤悲
好像
星月给予的
根本不是爱情的美
而是各种花好月不圆的心碎
只是
人们还在口口声声说无怨无悔
又有几人
肯付出万千的琴瑟之好
怎却异想天开凤凰于飞
一拍两散的再不见
相互抱怨的诋毁
才是人人念及的世态炎凉和责备
怎就这样事与愿违

其实
用情不一定就要得到回馈

用心也不一定会得到折回
两情相悦
两颗心相随
终不过是初相遇的相见欢
以及久处后的是是非非
不过是巫山的楚水
再无沧海明镜似的可借以画眉
渐行渐远的心
不憔悴
也不可能梦里生玫瑰

其实
星月照人的光辉
不过是菩提闪烁的智慧
有朝暮相对的情意缠绵难描绘
有向背狼狈的满脸梨花泪
有举杯对饮的不醉不归
有缠绵悱恻的娇羞和妩媚
只不过
到头来
皆是倾情演绎后的百念皆灰
人类
明明都知道
照样不肯错过可输可赢的任何机会

写山写水

写山
山里有你郁郁青葱的未来
在不停地旋舞婆娑
写水
水里有你浪花飞溅后
最纯粹的清澈
即便写尽人间的一切
也绕不过
你若隐若现的诱惑
凡间戏太多
没有太适合各自的角色
只能一任各自的好时光
好事多磨地随风蹉跎

上午写诗歌
下午写小说
上午净化灵魂摒弃所有不该有的思绪糟粕
下午美化芸芸众生所有的喜怒哀乐
一任纸上人物
各个清爽
各个干练
各个婀娜

全不要是是非非的对错
只取恩恩怨怨里的卿卿我我
即便有相思的花果
也不削弱生命本源的脉搏
因为
哪一个乐字可以写得
哪一个愁字可以用得
活了就活了
消失了就消失了
都不过是纸上谈兵的笔端过客
都是渡了他人再来渡自我
都是白纸黑字的幽怨情歌
都是人间不存在的梦里做梦
梦外说梦
再带着梦魇模糊着述说
编撰一些
自欺欺人的创意假设
骗过了别人
也放任了被更改的新世界
这或许
才是人生最绚美的智者不惑
感恩着谢过
感念着道别
用满脸的灿烂笑容
继续活出向前向上的朝气蓬勃

把自己藏到深海的深处

把真正的自己
藏到深海的深处
远远地逃离
凡尘世俗
只与深海的安静为伍
不跟俗世的俗媚
同流合污
只因用心于写字为文
必须寻觅一处
世外桃源的人间仙湖
用感怀之心
将圣书捧读
为自己
迎接更多的清晨日出
为他人
送往更少的天边云霞里
那份依依不舍的孤独
因为
不一定是孤单的孤独
需有一份寂寞相随的陪护
用这种独来独往的共处
与这世界

进行相见恨晚的一见如故

然后

无止境的灵魂相依倾诉

是不得已

也是人间难以获得的比肩倾慕

一如心境如止水

才能有水与水相拥旋舞

用流动的方式

纠结于缠绵的付出

将己任变成众生感召的先渡己

与后普渡

选一棵相思的良树

提笔写诗词

任风吹皱满池的落花

知道牵萝莫补

流水不腐

领你走进我的梦

领你走进我的梦
无非
想获得心有灵犀的共鸣
让你用火热的豪情
来见见我的灵魂
是无瑕疵的明镜
上面印满了你看我时的笑容
是翩跹的少年和谁家女儿的初长成
在一起
沐春风
一起将理想
挂上明月星星都在的浩瀚天空
不只为己
更为浩瀚的芸芸众生
因为
有太多的忧伤生灵
需要被唤醒
有爱的忧心忡忡
也有被爱的有恃无恐

有人说

时间能治愈一切

我说时间能将初心证明

花开果落穿越的

虽然是四季轮回的无踪影

如此

却可以不往不送

也不迎

别人看不懂

却霸占了我们彼此的余生

且都是自信满满的淡定从容

因为

要了却的

不只是各自的美梦

更有重任在肩的荣光使命

画地为牢

画地为牢
不过是为了可以理直气壮孤高自傲
为文
为写字
甘于一生的执着还有寂寥
不放任修身时的怠惰和动摇
只为与自己的灵魂
更好地相互倚靠
不媚俗
只向前奔跑
追一个可以拿来炫耀今生的自豪

寒风总会先冷落花瓣再扫荡旷野无边的芒草
让载不动重物的小舟
意外地惊异于无心招惹的烦扰
情丝
虽然还在环环相绕
已是人生苦短的万千煎熬
想抓牢
春光易逝的分分秒秒

却不得不明了

高端自律的必要

当然

也不会忽视过程的美妙

因为

向好有道

向不好

再用心都不一定得到命运的眷顾关照

明天

会越来越少

今天

只能多用心

少几许遗憾多几许微笑

即便已钻进桎梏自由的囚牢

也要将其看成是上天恩赐的拥抱

一念

春
自会有春光的温暖
夏
自会有遮阳挡雨的那把伞
哪怕是天上人间
一样是秋天一起看归雁
冬天用彼此的问候取暖
即便湖海江河的水流潺潺
即便永远如此相同的画卷
即便再描摹不出异样的花火云烟
重复的话
即便再多
也不可能生厌

越过喧嚣吵嚷的每一天
看尽姹紫嫣红的各种美颜
明知天涯的路
极其遥远
依然无所谓缘分的深浅
都是牵扯不断的藕断丝连
有相思的缱绻
便有心安
即便从不停站等你三千年
一样不会食言
即便一直安然于天地可鉴
一样不怕一拍两散的愁烦
因为
有天意注定的尘缘
便再无其他彼岸
只因这一念
便成就了一世一生的永远

青春痣

总想写出与你有关的文字
用不太热烈的形式
平和沉稳地
将已经不能改动的历史
变成一首又一首的情诗
只为所有的曾经
不在人间消失
不仅如此
还要将其变成
横看竖看都很唯美的故事

这执着的祈愿
真难以开始
不知从哪一刻
陷入的情网
也不知从哪一时
开始的似醉如痴
仿若呆看或蹦跳或翱翔的鸟
展翅扑飞着穿越天上的眠云
以及

土地上的卧石

这才知

深爱

也会姗姗来迟

只不过

早已在生命的过往里

藏存了越久越深厚的价值

因为

所有的曾经

都已变成了心里的种子

不只花开有时

还坚守着专一不变的固执

既不让可以再续的故事停滞

还意欲将夜花痴的曾经过往

变成月下亭台的堆堆相思

不似乱麻

却如温馨的游丝

不是落花

却零落成有香的往事

还将所有的浪漫长情

全部打结成相爱相恋过的一颗

青春痣

站在高处

站在高处
遥看千古风流人物
近观凡尘庸常小主
还有唯美的诗词歌赋
以及未知的人生旅途
仿佛
瞬间便有了顿悟
活一生
只有用生生不息的热度
保持对生存的温度
用持久的更高维度
守
拥有的幸福
感念尘缘所有的用心和专注
必定会见到
漫天花色升腾的绚烂旋舞
还有剑纹里藏匿着的高贵风骨

春去秋又来
冬
已传来隐隐约约的脚步
很想给自己的灵魂
写一封热情洋溢的情书

然后

一同举杯

用酒香代替无言无语的庆祝

用以表达对爱和被爱的倾心倾诉

以示对每一天的日出

都不辜负

对每一夜的星月

都感念于迷茫暗黑中的静默指路

争取

将余生所有的远算深图

都表达得清清楚楚

不再索要所谓的保护

也不再计较所谓得失的快乐与痛苦

只将起心动念的最初

掷地有声于

生死可以对望的江湖

倾情于所有的宏誓

不停滞

也不驻足

写尽灵魂里所有的韫椟藏珠

只为

留给未来的陌生人

或用心捧读

或干脆

与我走相同的人生之路

又见那抹月色

又见那抹月色
虽不是记忆中的纤腰束素
却优雅从容婀娜
想说
怎一个美字了得
可是
我只能
安然地让心事蹉跎

我不是早已习惯了独守寂寞
也不是不懂相识相知的难以割舍
我只知道
花想开
雨更要落
即便付出再多的努力
也不一定是好事多磨
因为
上天不会给任何一个人
很多

成功的路
总有无数的坎坷与挫折
即便有痴心

谁又拿无情如何

要过程

更期待一个好结果

躲避

退缩

总不如顺其自然地经过

希望

在未知的某年某月

能与你相约于某夜

抚一帘幽梦

携一缕晚风

任你笑看我

如何饱蘸知性的笔墨

挥毫书写这满纸欢歌

听读“诗经”

晚来
凝坐木亭
听古筝
一声接一声
像《诗经》中的叮咛

一句一句
恍若旧纸里层层叠叠的天南星
闪着最闪亮的一双眼睛
一如你送我的西河柳
让我欣然地接受

之后
便从容着所有的心思聆听
你给的这份情意浓浓
带着你健硕的身形
成全纸上墨香
彳亍着俊朗的掠影
一边镌印着刻板的天命
一边自怜着固执的个性
是相知的相思
是相辅的相成
是人类跨越了千年的画意高穹
是历练了岁岁月月的万千重
却没有任何变更

如爱河里的如梦令

是春意浓浓中的一盏风铃

映着《诗经》里依然碧绿摇曳的草丛

旋着穿越俗尘却依然唯美的古风

让我们

在似曾相识的境遇里

再一次重逢

像诗里的踏莎行

随意选一首

都仿若相互赠送的好心境

人间哪有

在一部诗丛里

用倾心的示阅有请

吵醒了止水的宁静

仿若漫天飘飞的蒲公英

绚烂成诗意的天空

于过往的曾经

仿若蒹葭宛丘采苓

似羔裘击鼓素冠蜉蝣的和合之鸣

虽不是子衿柏舟

却胜似远古的东方未明

只是

这听来读去才懵懂的知晓

我们心心相印的爱情

竟然

也是一本可以品读聆听的"诗经"

纸上的天下

纸上的天下
纯洁无瑕
是想象中的雪月风花
是坚守执念的内心强大
从起笔开始
到结束时心猿意马
痴情满满的牵挂
是起笔时的雍容尔雅
是拳拳走心的心情字画
哪
哪
哪
都是今生有缘的相遇
都是相爱相知的咫尺天涯
挥毫泼墨的写意
精细描摹的工笔
无一不潇洒
白云悠悠处落下的夕阳
浓雾迷蒙中升起的朝霞
无论哪一刻哪一时的哪一个故事
都是有情人对饮的一杯杯浓茶
更是醒着梦着说的句句情话

还有心里眼里和口中都永远的无他

一任眉间墨色

徜徉在脑海中

变成牵肠挂肚的呢喃

或回复时的用心应答

这只恨不能即刻落地生根

如若变成琴棋书画诗酒花

不能成形为可以变通的魔法

只因所有虚构的故事

到最后

都必定会定格成

活生生的凡尘应景

都是博弈情感的才学升华

都是一条路上走着的两个灵魂

拼力向前

努力向上的竞技争霸

同窗一场

曾经同窗
从不知岁月的脚步会如此匆忙
只轻轻一晃
便不再有当初的面庞
见了
有些心伤
别了
有些彷徨
用心的心疼着
那么多的好时光
都在各自向前行进的路上
却没有时间停下来
彼此相视相望
好像

一切都会在遥远的远方
或等待
或有变化无常
或再怎么日夜更替
也不会被遗忘
到头来
却仅仅是
空空如也的
成片成片的空白想象

如果岁月确实可以重来
是不是都会改变最初的心意梦想
我想不会
因为
命运早已将今天
定格为宿命固定的画框
你有你的靓丽
我有我的张狂
都在无法改写历史的人间有来不往
即便有瑕

也都无憾地活成了一束光
都无所谓宇宙的烛火
是星或是月亮
都是追梦人获得的命运奖赏

年少情长
五世修得同窗一场
即便没有太多的灵魂碰撞
又何妨
都已被雕成花样年华里的模样
还有青春向上时的绚烂芬芳
以及后来人生路上
展翅拼搏的各自飞翔
即便有情
也再说不出更深的默念悲怆
记忆也有力量
好在都是耐看的画
都要珍爱珍藏
都是这人间
没有枉来一趟

春水绿

春水的绿
是玉树临风倒映到水里
缠绵葳蕤着河边的柳絮
让紫藤花影与水的波光
扑朔迷离
即便偶尔不在一起
也魂魄相依
彼此缠绕着纹理
成就流水雕印的美丽

君不见
岸上一袭长衣儿女
舞弄衣袖
彳亍着低眉无语
任时光冉冉如斯如水地包围
任思绪在思念中
思慕着思维无限的任性妄为
倾尽所有的智慧
既为避不开的事与愿违
也于不安的惶惑中
岌岌思危

世人得到的并非都是不怨不悔

得不到的

也并非真的无所谓

即便相识有先后

相知也有缺憾成堆

相守有聚散

相爱一样或成负累

又怎说

单单得绿意满满

就一定是春天的轮回

芳菲的锦里叠翠

开心一样有泪

苦痛

一样是成长必经时的狼狈

花无言

是因为开得正艳

爱不语

是因为正迷恋于深深的深陷

春水映绿了心扉

爱

让有爱的人更陶醉

让被爱的人

入梦无归

寻人

亿万人中只想寻一个
同心
同行
同命运

虽然找到了这个人
冷风却打湿了懵懂的梦
不得不把杂音杂陈都放空
假装什么都不懂
只想昨晚的夜和今晨的黎明
还有夕阳如红袖的黄昏
在一起
隔空看花鸟鱼虫
听灵魂里的天籁声音
一边思忖画堂春旁的点绛唇
一边惆怅初心易变的兰花令
偏偏还自作主张地锁定了来世今生

这固执的天性

傲然着难改的从容

让整个人

不得不假装随风

去南北西东

与一蓑烟雨任平生

相向前行

既要有始有终的才情

又要锦上添花的智慧之树常青

还不信命

只索要好的前程

因为

这世间真的有爱情

画影涂形

不怕浪费笔墨

要做连体的树缠藤

纸上谈兵

最好

一个是龙

一个是凤

爱上爱情

夜画有声音

是你

在有你的梦里将我摇醒

让我看见你风流倜傥的身形

说你的美

只送与我一个人的今生

待弄清了所有的懵懂

才知这不是梦

而是你给我的心声

带着不放心的叮咛

一声

一声

又一声

这幸运和荣幸

我怎敢不听清晰分明

这来生也不能拖延地等

这前世被埋没的曾经

虽然都是风景

却怎比今生这难能可贵的命中注定

要继续演绎这万种风情

将其变成

有爱的歌唱与我听
以这种方式
相恋相敬
从此
我爱上了爱情

弹一曲高山流水的古筝
描一对黛眉落柳丛的平行
听一阕海誓山盟的诗朗诵
捡一只祈福成功的孔明灯
我们的生命
就这样
一次又一次地邂逅
一次又一次地重逢
在重逢中邂逅
在邂逅中重逢
轻轻盈盈
凝凝重重
无论多久的未来
都没有烟花易冷的飘零
有的
只是无数轮回的倾心倾真诚
以此
来滋养彼此的灵魂呼应

池州藕荷福泥难抛舍

秋雨落

荷藕躲池泥

只留花茎叶迎接

怎一个忘我的洒脱

于风雨中凛冽

见凡尘行人匆匆

再没了从前临在称叹的袅娜

好像

须臾的停留

都是施舍

这一路极尽绽放的花叶展姿色

只几许的冷落

就成了不得不别离

各自成过客

好像

这因果的季节

又如以往那一些

春来发枝叶

夏深花蓬勃

初秋最美的景

却是这

转瞬即逝的

一如爱情的火热

只刚刚地获得

只刚刚地结合

便开始了冷却

世人都困惑

怎会有如此结果

怎就不知

这世间的一切

都这番来去匆匆

跟着宇宙恒定规律的脉搏

不过池州藕荷

再怎与福泥难抛舍

也不可能成为被命运眷顾的那一朵

从此

要珍惜光阴的每一个须臾时刻

无论是否与这些有过不舍

它都在你生存的时节

曾经鲜鲜活活

人们管它叫爱

我更愿意称之为

深情用心地拥有过

CHAPTER 03

第三辑

书香满床·露珠的衣裳

书香满床 露珠的衣裳

墨落纸上
书画于情绪高低的走向
虽然都是人间的平平常常
却写出了一行一行又一行
不到结尾
都是过程和过往
即便写到最后一笔
终于好事成双
依然有
不想为人知为人所了解的珍藏
不是余下的那些未尽奢望
也不是清茶烈酒的余韵悠香
而是诗词曲赋都在手
也不如有你在身旁

一抹红妆
红尽红颜的红极无量
依然会随风雨淹没到人海茫茫
即便书香满床
也有看不尽人间百变的沧桑
哪一景
哪一处的观赏
都替代不了你的俊朗
醉一回
便知

醒在哪里都无法将珍藏暂时流放

人生再漫长

也不过是白驹过隙的奔忙

人人都追逐明天的太阳

即便转眼换成白白的月亮

依然是露珠一样透明闪亮的衣裳

高挂花枝

时刻不停在夜风里斑驳着人心的向往

一如融蜡画上的彩鸳鸯

只需点点的温度

便可以让心事成梦绕黄粱

只一场

便可终结于终极的防不胜防

这黯然神伤

这心有设防也必定会徒劳的凄惶

才是人生真相

即便还有无数的朝思暮想

即便还有不想收敛的各种狂妄

只要念着水中月

爱着天上星光

便一样要为画地为牢而折断翅膀

不能飞翔

不是因为希望中摇摇欲坠的失望

而是人间比比皆是此番绝唱

凄美着悲怆

才更有分量

才能真的难忘

才能成纸上这情绪满满的诗行文章

明灯三千

人间的最好看

是隔屏看你的若隐若现

仿若花城的明灯三千

每一盏

都绕成一段段亮丝线

串到一起

便成了光闪闪的红色花片

绕着月白的夜晚

将所有的故事

化作天意尘缘

只想见

不想散

这世间

真正的喜欢

是不必任何美颜

只要一张高挂的风帆

只要一艘可载真心的船

不靠岸

也可筑出水中荡漾的桃花源

在渺渺茫茫中

追星追月追到落山

追浮云追雨眠追到无限远

追夕阳追到天边

嬉笑着无怨的抱怨

吟咏着远古的诗篇

品字里字外所有的情意绵绵

鉴真心假意的或伪装

或调皮的捣乱

然后

将痴痴的想念

融进青涩的杯盘

再持一只透明花碗

喝出天昏地暗

品味朝霞灿烂

此后继续日上三竿的慵懒

不是因为不想继续向前

而是想假装给某人看得见

再然后

心疼着又得过且过的一天

不再沉溺于荒废时光的任何瞬间

便真正了然

何为三千明灯却逃不过你不在其间的遗憾

擦肩而过的假设

不过是不经意之间

将爱恋

变成简单的平凡

人们管这叫对爱意深深的眷恋

实际上

这叫只要有你在

何时都是情深似海的劫难

梦中的梦

只有做梦中的梦

才能让想象的美好

与残酷的现实相触碰

让士兵

在梦里获得成功

让无奈的奢望

成就天下无敌的梦中英雄

用假想的威猛

战胜所有的胆怯和懦弱

让灵魂

在梦里找到可以往返的路途和归程

不仅如此

还可以在梦醒的那一刻

拥有入梦前的诸多淡定

让春风和煦的种种

成为理想塔的砖瓦

涂上辉煌璀璨的金色

一层又一层

用耀眼的光影

与残酷的现实进行斗争

让自己

久立于风尘枯燥的凡尘市井

永久保有
最初的初心和不屈不挠的秉性

生命
总在梦里梦外
利益浮沉的汪洋中孤单着飘零
日夜奔波
在曲折崎岖的路上匆匆不停
无论沉浸其中
还是沉睡不醒
抑或是半醉半醒的迷蒙
都仿佛身处不辨虚实的幻境
不得不与现实对抗和解
直至水乳交融
这让人
怎能不感念于虚幻出来的
人间仙境的美梦
难怪会让人时刻不得安生
人心
要的是多姿多彩又热闹喧嚣中的安静与笃定
没有遗憾的强大和强盛
哪怕处处碰壁
处处行不通
依然想方设法地另辟蹊径
以便索得

劫后重生的继续憧憬

总在想
人生就是一场接一场的电影
每一场
都有自己亲身参与其中
既是演员
也是导演
仿佛
四面八方的玲珑
才能将一切懵懂看清
仿佛
戏里戏外是是非非的叮咛
似是而非的海誓山盟
看不清真假的虔诚
都能在患得患失中
将真情假意看分明
然后
认定一人
以为是无法分开
无法剥离的生死与共
即便明知是梦
也会固定所有的坚定
所有的从容

一步一想

冬天的凉
不只是无雪无花的窗有霜
片片苍茫
仿若荼白银毫的凝香
让相思过往
一步一想
全部聚集到前行的路上
既成不了绝唱
也无法重现旧时光
只能放任无边的惆怅
成就更美的景象

一步一响
不过是一只挂有铃铛的玉镯
却悲喜了来日方长
固定着于己有关的山河无恙
恒定着谨慎悉心的珍藏
一如王子公主的童话那样
不只见证相爱一场
也让曾经波动的情绪
斑驳了碎影泛滥的篱墙

带着户外茶席颜色的沧桑

天天跟着星月

随着太阳

让碎碎念和醉醉言

更加肆无忌惮地张狂

一边膨胀幻想

一边滋养悲伤

一边无视上天眷顾的奖赏

一边衍生出更多更多的新希望

一步一向上

纸墨之间有锋芒

怎样下笔

都有责任担当

落字成章

无论哪一篇

哪一行

都关乎子孙之义的炎黄

都拥有了不被动摇丝毫的心意走向

都坚定了更加深切的景仰

都蓄积了方寸万重的应变有方

既是万寿万疆

也是铮铮不能弯曲丝毫的脊梁

既可旷日持久

也可非同寻常

古风

古风
带着远古人心的美梦
缠裹着数不清的春夏秋冬
带着初心不能改的仍然没有被尘封
还有无疾而终的终成空
包括惊鸿一瞥后的再无心动
有遗憾重重
有欣慰种种
穿越千年
到达今天
如约而至地与我们
相约般相逢

古风吹来
道尽大爱无形
凡尘人难懂
即便用了千古时长的歌颂
即便倾尽了无数人的世世生生
即便有一代又一代的传承
依然不能无师自通
依然无法掌控

即便都有得到庆幸

得不到的懵懂

以及不清醒

都没有捷径

一切

只须臾匆匆

便隐没了身影

再无叮咛

不放心上的无动于衷

只能与心的牢笼

遥相呼应

藕荷梅子青青

仿佛上天赏赐给人的固定天性

怎样跨越风尘

仍固守患得患失的天然宿命

路人环佩香铃

叮咚

叮咚

仿若岁月的眼睛

不许人看清

只能问字入画写名称

书尽不能言的海誓山盟

让说不清的心境
变成夜空里的星
闪亮如灯
一起跟风
去未来
重新演绎一场旷世倾城的恋情

廊前有喜

如果没有五月的风
怎会吹来桃李纷飞的喜梦
到处是红色的红
是五加十五的林林总总
是千古千人的千载难逢
是清清的清醒心境
是可以照见灵灵的梦精灵
记录痴信于用心地用情
夙念
只有一种顺应
一世一生
祈祷字字句句的聚集飞升
全部到达
一个个一元复始的舞笔弄文
是一座座高高在上的山峰
让所有的攀登
都到达被叠加在一起的宿命
从容出披荆斩棘地向前历程
将雄心和不可阻挡的坚定
变成一路的畅通
既屏蔽掉俗念的噪音声声
又穿越了俗篱的莽莽荆丛

让灵魂的纯净
踏出一方净土的祥和安宁
用文字的图腾
留下一路芬芳的隽永
并从那一刻起
用句和句的连接
字和字的相拥
积沙成塔为
不再是没有归属的游蜂
全部筑巢于花海的围城
让魅影于馨香中
甜入蜜意几许
浓之又浓
都让古与今的诗词
雕镌到岁月如歌的天空
让雪月飘飞的才华
成为高高在上的传世烛笼
既可赏
又可看
更可记得有姓
有名
虽仅仅是字句构成的光明
却可以在暗夜茫茫之中
成为慈悲灵魂的一道道美景

纸上雪

纸上落雪

最怕融化成无

仿佛

飘落人间

不过为了一场片刻的粉身碎骨

冰水成珠

以为纸上可与文字纠缠旋舞

让人间

再多几许无色的画幅

可惜

凡尘保有无穷尽的温度

只须臾

便可让身心聚成无用被放逐

再化尘成雾

成就命定不变的飞天返途

劳顿一路

不过是从头再来的宿命劫数

即便纸上可以印有记录

可以倾心品读

怎奈

纸上也不是宇宙乐土

命运

永远是向上向阳继续奔赴

在哪

到哪

都躲不过一模一样的天地江湖

生命

除了自爱

无需他人任何帮助

以何种形式倾诉

依然挡不住

一意孤行的义无反顾

即便雪花将己身的全部

落纸为书

种子发芽般在纸间播种耕耘

所有的字符

也无法将终生进行托付

一切都在变

高高在上的幸福

早已明晰了然得一清二楚

再怎番变身

也无所谓或赢或输

都在自己的命运轮回中

无言地自渡

都在自己的修为中

不得不为自己的或来或去做主

Chapter III

即便天很大
地也很大
却无法长久容纳涅槃重生前的痛苦
涅槃出生后的所有残酷
天地对万物
都不缺它应该给予的礼数

半塘荷

人间有仙格

最美不过

半塘迎风的摇曳

仿若落珠一颗又一颗

都是绿野中的花朵

伴几许高光时刻

随几许碧翠的婆娑

将颜色涂抹

将留白

全部送与寂寞

一任花香

与半塘净水的和谐

将心比心

俗尘不落的坚定执着

将人间不能复制粘贴的绝色

变成不可替代的唯一结果

让芸芸众生的想象

跟着半塘荷

半塘叶

以及半塘藕断丝连的曲曲折折

一起体会成长的快乐

包括成熟的炽烈

用心的笔墨书写

将其谱曲成歌

给人间

扬清激浊的启迪传播

让人知道

花开终会谢

落花成泥也值得

即便其中会有你和我

都一样逃不过

却也未尝不可

将苦涩

束之高阁

将求索

变成不能被破解的神秘莫测

让各自的内心

可以比肩山河湖泊的无比壮阔

让各自眼界

可以提升为高明睿智理性的人间看客

让取舍

以及所获所得

成为人间没有过的姝妙传说

喜悦

最喜人间有字
可顺遂心意地与之纠葛
还可不设任何边界轮廓
只一心一意挥毫泼墨
进行天马行空的书写
一任
我
或相近咫尺之间
或遥远天渊之隔
天天等着天赏我诗
地赐我词
在诗词之间
或描或画或勾勒
或问心或问月或问全世界
如此
也不可随意多得
只因这再质朴不过的华美所获
是人间金银珠玉的完美结合

君不见
我们相遇的那一刻
就已经藏储了多少的不能说
还有挂在各自脸上的开心喜悦
仿佛
都在暗自庆幸
今生
到底还是相互遇见了

人间有太多太多的山
谁都无法一一拜过
人间有太多太多的河
谁都无法一一摆渡
但是
心里诗情画意的山
再高不可攀
都可以将其高高地供奉着
天天说与一些外人听不懂的啰啰唆唆
却哪一句里的哪一字
都是叮咛和嘱托
都是难以取舍的割舍
却因此
让鲜活的生命
以此为乐

这无怨的讨喜
怎能让命运不为此而眷顾偏袒得更多
用心
就是取舍之间的忘川河
更是春风不请自会来的每一个冬末
即便冷风中
还有飘飞的雪
又怎能拦住温暖蛰伏的爱心一颗
真正地花开花落
才配得上深深爱的本色
清明洁净的灵魂
才会拥有这样的快乐

青绿在此

有一种跨越时空的相遇

叫入画为山石

提笔唱绢丝

留下自己的名字

不过为与色彩

生生世世的一致

如此

是一个已经远去很久的故事

今人

却用可以看懂的舞蹈诗剧

用可以听懂的音乐打底

用无言

将此青绿

精工细琢成纯正的工笔

挥毫泼墨成

江山如画的主题

成为穿过岁月的谦恭敬意

并以此举

对描摹之人致以最崇高的颂礼

如果人心不需颜色

或许

什么样的托付都可随心寄予

可偏偏爱美的心

发扬了极致无法效仿的不可攀比

让屈居之心不甘于停留

也不顾及生死转瞬的短暂相依

只在乎人生于岁月穿行的寄傲声息

待回眸时

给过往最深切的追忆

然后

再尽心于前行的规律

让所有的美梦

都不仅仅徜徉在最初的自得里

生命

这繁衍生息的天赐延续

本是一场场无止无尽的

历经风雨的苦旅

却有少年

用生命与生命的博弈

画出大气磅礴的想象力

无疑

这是天命借梦想成真的少年之笔

有意将人间绮幻的美丽

变成后人可以高山仰止的目所能及

以及之后的众生芸芸中

一样可以跟随临帖描摹的我

当然

也有一个你

是另一个我自己

一起书画

生命存在的价值和意义

秘密

喝几口烈酒

不过为了多说几句

是只给你听的秘密

有曾经的相遇

也有只有我知的默许

还有未来

会一直相随的心意

反正

都是只有自己才能了然的一盘和棋

怎样摆布

怎样奉陪到底

全凭我自己

都说这世间最高深莫测的

就是爱上一个人的心理

有时

自己

或许都不了解自己

一如幽窗红烛的迷离

一如低眉垂首把烈酒参透的玄机

有爱的情绪

不一定会顺理成章成句

也不一定会顺遂心意

却是心性成长的轨迹

让现在的年纪

不一定将阅历代替

让曾经的年轻

不一定拥有真爱的结局

春风化雨

雪花飘落大地

都不过是有花开花落的天气

要从岁月的河流安然平和地渡过去

才能真正感知

何为知遇

何为己心

究竟丢在了哪一季

哪一刻

自己被弄丢在了哪里

所以

才要借用烈酒催生的醉语

了然己心在未知的岁月

将自己的有些记忆

突然间想起

待酒醒后

再放弃

待放弃后

再想起

云朵

万象婆娑

不过是地上的水滴一颗又一颗

带着无奈无可的干涸

去天空

与云朵汇合

再集结到某一时刻

化雨

成雪

从天空一次次飘落

与众生一样

完成无穷尽的轮回离舍

都是宇宙过客

即便曾是高天自由的云朵

依然躲不过

变化存在于世间的因果

很想把这悟到的想法

直接简单地对你说

却从没有过

总觉得

这世间的任何

都应该是自己点亮自己的灯火

让自己

成就想要成就的那一个

即便你我

也都应该在明亮的灯盏中

成为思维之河的强者

却

不得不将深情的寄托

交给大爱无言

全部寄予水滴云朵轮回转化的静默

一如太阳

给予所有生命光明

才不枉天地间最朝气蓬勃地活着

一如此时此刻

用这样一些文字

记录异彩纷呈的想望交织

与交错

相互纠缠

相互关联

层层叠叠

卿卿我我

最后

清晰明了

化成飞天追云朵的这一首诗歌

若无

世间若真有情丝
也应是贪嗔痴念的产物
本心
本是处处敦若朴
虚若谷
即便浑若浊
也不一定是麻木
是世间顶级奇象的本我修为之路
与他人无干
是为自己的灵魂
找寻良善既定的归属

花开花落有开始
也有劫数
叶落归根
总要归于尘土
人生往来
都是自顾自地为己眷顾
是对未来看不清楚

也是对自身雾里看花后的花非花

雾非雾

怪怨心智的不够成熟

怪罪心绪的不够觉悟

如果心无杂

就不会有痛苦

就不知

付出

是最不必在意是否有回报

以另一种方式获得的礼物

仿若无知无觉

却可以通过蓦然回首的记忆犹新

让一切回归当初

放弃还是拿起

虽然不能自己为自己做主

却穷尽一生的欲望失度

成就了因果自负

是若隐若现

也是若有若无

是相伴的安危

也是相生的祸福

绿玉珠

捡几颗碧绿的玉珠

当成一部部古籍名著

无论有多长的篇幅

都要用心品读

再捻几许相思的苦

散落爱意情浓之处

任思绪

跟随故事的跌宕起伏

倾情投入无我忘我的乐土

如此

才真正了然世间真情隽永的流露

真心相互相守的真正付出

再一边念及与他人他事的相似度

一边感悟

相同故事的不同风骨

即便以相同的开始

不同的结束

也一样是前人留给后人的珍贵礼物

如此

可以详尽生来就有的命数

不过是背负一叶知春秋的大德惠顾

再用以施人

为天地己任的必须奔赴
用此生
书一本大爱长存的心书
待他年功成名遂
让他人知晓
如何用文字
将青春韶华留住
将真性情
真爱情
变成爱与被爱的与君共度
与君灵魂共舞
且只有开始
没有结束
是花开不败的常青树
是硕果累累的满树玉珠
不落尘俗
不被虫蛀
只一心为自设自建的道路
让生命被坚定不变的脚步
记录
且记住
一如携珠挑剔的碧玉无瑕
一如珍爱佩戴的载一抱素
无论怎样
都是被深情地祝福

团团圆圆

粗茶淡饭清官
竹筷瓷碗布衣衫
无语言笑护拥着一脸的素颜
万种风情中
窥尽甜点甜心的秀色可餐
只道是
这月圆花儿更好看
即便有太阳落山
即便有晨露已被风吹干
相爱的人
依然不会走散
纵有过多的天真心愿
一样能继续实现
只不过
有一些小小的遗憾
幸福
总在须臾间
又将一切
照搬到从前
有天天的想念

有月月的祈盼
有一年更有的一年一年年
仿佛
命运在人间
用它不动声色的斡旋
将所有无法轻易到达的愿景彼岸
一一变成了
只可远观
不能挨靠到近前
即便已有昙花一现
也只能悲悯自顾自地可怜
仿佛
不知四季流转处的洪荒浩瀚
对谁都是一视同仁的大爱无言
不解苍天其意
便只能继续从前的肤浅
不懂这息息不灭的人生
便只能终生终日地抱怨
团圆
不过是生命历程在风雨兼程中被历练
被考验
怎样的结局
都是宇宙的圆满

山中有闲亭

山中有闲亭
玉树临风的身形
是你看向我的眼睛
风吹过
摇响了风铃
全部成了你给的叮咛
让我看字句在书中
摇曳不尽的当代踏莎行
想这凡尘
你遇雨迎风的倔强生命
只一心一意地赶路程
不知鸟鸣
不懂看书人的心声
一任山丛摇曳的魅影
变成伴我读书的儒雅书生
只是
未来已来
虽不及硕果满满的征程
眼前的懵懂
却让人心疼

天冷

你高耸屹立无所适从

天热

你是遮阴的天篷

于余晖中

变成不落的霓虹

在夜色中

默默穿行

像星星

于凡尘的笔墨纸砚一起

成为世间的永恒

瘦松棱石溪清

残草有砂瓶又兼露水深重

山中的风水好

又坐落了几处新亭

旧景

被闲置心中

怎奈

万象再怎样更新

也抵不过依然温馨的旧梦

即便有五两风的匆匆

一样难以成新宠

旧梦虽已无痕
却是生命里的生命

想风风雨雨的那些曾经
总是一边快乐着快乐
一边胆怯着失去眼前的惊恐
到头来
还是不得不
将一切变成记忆中的相思画屏
在与不在
都只是自己一人才能看懂的心声
看久了
才知
这才是世间真正的爱情

青丝缠薄纱

白发由青丝引的思念
最无涯
如薄纱
无法随意入画
像半遮了真实的贴心话
怎么听
都少几许牵挂
仿若只身一人
去山崖
满眼看众生芸芸
浩如烟霞
不知心里的那一个
究竟在哪
如此
不是因由了藏于心
世间怎会再也没有俗尘的家
都在灵魂里
成为世世轮回的所有缘
只因这一次的和合
便再无处寻
身心可安稳地驻扎
所有的昨天、今天和明天

都成了相遇梦里的高贵奢华

生活里

不可能复制粘贴出

如此缠轻纱的曼舞

如此低眉的眷顾

如此不怨不嗔的直率表达

更有

如此无声息的爱意

如天瀑一般飞流直下

人心不复杂

有爱

就会单纯成一块薄纱

掩不住真心的火热

遮不住微笑的脸颊

藏不够要说的贴心话

长不够的欲望

岁岁年年

终将满头的青丝

变成了相思成疾的华发

一词一诗

总想说一句谁都听不懂的潜台词
将其真意
交给以心会心的禅诗
让心事
络绎不绝
婉转变通着说辞
让语道不断地泼香墨满纸
将力透纸背的用心用意
包括用字
使每一词每一诗每一个故事
都渐行渐远于心底的归思
不是淡化
是一心一念一春天的温暖主旨
都能一一落笔为
一南一北的相望彼此

天上有云飘有雁飞
是曾经的过去再续共识
让地上的风吹花摇曳
都成心知肚明的未卜先知
让心于四季

跟着相亲相爱的字句

杯杯烈酒粗茶

天天演绎的欲言又止

是随性随缘的顺势

是半醒半梦的明朗如是

却

不得不习惯成自然的不得不如此

因为自省和自律

是自己给自己安的一座座堡垒和城池

一把开心的锁

一把心形的钥匙

才是双向奔赴必须诚挚

守心如玉

才可似醉如痴

守望相助

才能成全束缚与被束缚的平衡制约公式

让无休止的飞翔展翅

落印成心海浪漫的朝花夕拾

纵使只是一些文字

何尝不是

将芸芸众生的爱与被爱

都书进

人心昨日、今天和未来的历史

沉睡

夜又来

索酒倾杯

浓香落玫瑰

酣梦里的沉睡

无异于妙境逃遁的一场余醉

让心里的美

与更美依偎

说一说

白天诸多的琐碎

道几许

夜色沉沉后的深邃

以及身心还没有消尽的疲惫

无论挂在眼眉

还是藏在心扉

无论是否还被幻梦包围

都是这一生

爱心可以任性托付的一回又一回

在梦里

将故事不厌其烦地或开始

或结尾

倾情演绎成真情面对

去高高的山

望双雁齐飞

去河岸

赏鸳鸯戏水

让梦里梦外

都相伴相随

即便有伤悲

也会因为

一句轻声软语的意会

化成心欢喜的热泪

知晓这世间

还有一颗真心

一直在奉陪

挂着若隐若现的妩媚

带着娇娇羞羞的跟随

无论是是非非

都愿打愿挨着无怨无悔

无论是否有酒香的助力而为

都秉持

归之若水的白往黑归

四月天

天高云淡
谷雨在即于一切仍恍若云烟
已然四月
依然不紧不慢
依然不忙不闲
如此
得益心境习惯的一向安然
不被凡尘俗世的纷乱所浸染
不被趋炎附势的所谓气场所障眼
只一心
看
每一个属于自己的今天
每一个已经过去的从前
包括接踵而来的只属于自己的未来时间
也有用心之人的用心陪伴
都是难得的精神盛宴
在思维的殿堂
不得不流连

不能不徜徉

不返

是因为值得留守

也应该成为纪念

好比这已经拥有的岁岁年年

包括艳阳的高照

暖暖四月的人间

让花开放

让馨香绕美颜

使得心安的心田

在前行的路上

更可给人以千千缘的惊鸿叹

给自己以万万应的终生许愿

带着万万不能改的生死恋

书写出

万万不能了的续篇

运笔万万千的通时达变

给这世界

以万万人虔诚仰望感恩的敬畏喜欢

都可与这

苍天的赠予同枕共眠

如此

怎能不快乐着道尽

一声又一声的早安晚安

包括感慨感激好运连连

感念感恩好梦圆圆

以及感动感怀的好爱情

始终都是谜一般的酸酸甜甜

爱若雾谷

花飞落
似一部早已泛白的古书
所有的故事
都沉落于朝代风土
魂魄
却可以出出入入
在人间
成为人人敬仰的风雅人物
一如帝王将相的手足
必定是故事里的附属
当然
也是不能变更的目录

人生这一路
总有很多是是非非不清不楚
一如爱的沉迷无度
仿佛

哪里的哪里
都若有若无
不一定是全部
但肯定是相爱相杀的劫数
以包容心的暂且结束
重整旗鼓
让所有情爱的轮回
在一个又一个的枝节处
生新叶
长花束
让漫天遍野的雾谷
成浪漫的糊里糊涂
成温馨隽永的诗词歌赋
只有这样
爱情才有天然的甘露
才可以甘之若饴
食之幸福
才能永远相拥
永远守护

云满天

天有云

一直相伴

若隐若现

像恒久远的相恋

成为芸芸众生离苦得乐的可视浪漫

让云聚云散的云满天

如心花绚烂斑斓

一如某日某年的从前

曾那么地喜欢

只一转眼

便成了过眼云烟

余下的

只能是写也写不尽的诗篇

用心画彼岸

用情书此刻心意阑珊

观世事诸多意外变迁

诸多的不安全

以及各种各样的艰难

其实

无论天上还是人间

都在瞬息万变

或变好看

或变成自身他人爱的喜欢

天高地远

人心惦念

有残缺的不完美

也不一定是遗憾

一如云朵满天

云霞落山

是遮了太阳的光线

是用另一种天象的圆满展现

是一种新开端

也是诗余令词里才会有的深邃内涵

云有为天缠绵的誓言

云有魔力无限

云的美无边

云的若隐若现

不是幽幽怨怨

是与天

不离不散

舞衣袖

深池有静流

有鱼游

有未来春色的将来

有现在天色的依然依旧

再次给灵魂俯首

带着真诚的问候

举杯品清茶

落盏饮烈酒

弄几许浓墨

旋舞宽松自在的衣袖

把从前的故事

挑挑拣拣

藏藏留留收收

列摆进思绪王国的高高阁楼

无惧高处不胜寒

重新梳理创意打造的新结构

将所爱之人

点化成女王天子身披的云裳

拜天地礼仪古风现世的所有

让爱意缠绵的幽幽

悠悠

随纸笔

从头到尾不停地跟着走

让万事万物的规律

筑成故事内外相同的因果由头

时而展现若即若离的日夜更替

时而展示深邃旷达的明朗宇宙

时而成就若隐若现的种种看不透

仿如现在的春是春

秋是秋

却是自己和另一个自己

灵肉结合在情节里

体会悲悯大千世界的万类渴求

得不到

身心无法承受

却也不肯放手

因为

一旦拥有便会失去拥有之后的富乐

内与外

或变美或变丑

己心向己心

无尽无止无休

明知不可而为之

依然将真心诚意保留

不随缘

只享用智谋

可惜了笔墨字句

泄露了所有倾情演绎的执念坚守

灯下珠花

总想静坐灯下

倾心眷顾属于自己的文化

是文字花海的花蕾如芽

花瓣垒叠堆砌的香

优雅胜于淡酒

清幽越于浓茶

散落玄木台

飘去天边成云霞

似云巢妙韵缠绕的薄纱

入心

可融化

入眼

会成为回归绵柔的爱意如家

带着人人所向往的冉冉袅袅

绵绵淼淼

带着跌宕起伏的故事始末

进行各种人物对话

完成诗文题画

将心事藏于心

将无奈放逐天涯

无论在哪

去哪

都是字句对真心的报答

都是大爱无言的全部容纳

都是感恩今生遇见的笔墨书法

都是道不完的长路相伴

写不尽的走走停停

或出发

或潇洒

或干脆就是自由自在拥天下

不用辨别真假

不用担忧害怕

只需向未来

致以真诚的敬意

落笔成字

落纸成文

字字珠玑

都是爱与被爱的真心牵挂

一城风絮

春吹来一城的风絮

如满目飘飞的珠玉

滴滴落落

都成了你

于天地

一袭薄薄的纱衣

摇曳着剪不开还不想理的情绪

任心心相融

一起的曾经努力

变成花开不落的讯息

酿成了

一首又一首的诗句

用日夜兼程的铺纸提笔

伏案写出了

所有故事的结局

将一路俗尘

进行了彻彻底底的清理

不言还静默不语

只因了

原原本本的无所需

哪怕只一个字

都是多余

原来

秘密
只适合在白白的纸上
写来写去
不留任何痕迹地
发现一个真实的自己
记录另一个被映照的心底
无论虚实都美丽
无论对错
都是凡尘用心尽力的足迹

或许
这一生
只能这样
一边记忆
一边生发出新的无限希冀
将所有的心愿
都看成是不必揭晓的伪命题
让身行万里
也要守护彼此同频共振的惺惺相惜
用同赴共生
化所有绵绵无限的情意
给来世一个
必定会有结果的承诺
在那一处
心心念念的楼台亭阁里
或一起栖息
或再一次邂逅相遇

花灿烂

月又圆
轻轻卷珠帘
想着白天的花海灿烂
念着花期可否无尽无限
赏玩处都有的娇颜
给倾心之人赏看
一朵耀眼
一片
就成了用心用情的倾心交谈
融融之间
便演绎了几番时常上演的聚散
不过是几许思念
以及余下的想
余下的念
不得不给予再见的未来经年
在说尽心事的最后
落成花叶共舞
让别离在即的灵魂
一起进入养身润心的圣殿
继续着之前的相依相伴
仿若江河湖海之岸
落纸叠成笺

走笔谱成曲韵连连

有缘

也有怨

有好看

也有弥香悠远

都不过是句句情话

传送着还有余音绕梁的唯一落款

说明

这尘世的爱心

因果着轮回的循环

在冬天

无惧严寒

在最冷的季节后

说着再见

却开始了提前的想念

是指点江山

心意忘川

几多阑珊

几多夜晚拥美梦成眠

花美永远

花香清甜

花色娇艳

花心

何时都驻守着相约的春天

落地生根

落地生根
不仅仅是植物根脉向下延伸
更有与砂石厚土拼斗的艰辛
用开疆扩土的坚定
在泥中留下生命的履痕
让每一个延伸时留下的足纹
都成为宿命的封印
生来便不得不如此
只能不屈不挠地向下扎根
更要向上攀登
不仅仅是得水润向光明
更是向着浩瀚无垠的星辰
寄予无限的美梦
让自己的生命
只要不倒下
无论向上还是向下
即便是朝着东南西北
也都是
可以继续活命的福运
无惧自身的弱小
无畏春风夏雨须臾离开的悲悯
只一味于
无知无识的自身

屹立于缥缈无垠的广袤时空

载着鲜活的灵魂

一路欢歌般地

途径四季轮回的恒定

将身心俱在的求生欲

安然愉悦地保存

与周遭万物一起

日夜迎风冒雨的历练修行

将蒙太奇一样的电影

将与万物种种没有任何区别的情境

嵌进一年一轮回的一枯一荣

让所有经历的点滴纵横

变成与自然和谐的声音

包括对世间一切都喜爱眷恋的深情

演绎这一生

最美的光景

且随风风雨雨声

全部奉送给未来的自己倾听

让世间万物

也从自己的经历中

了然这世间从前的风

现在的绿意葱茏

包括秋天色彩或金黄或萧瑟落寞的浓重

及时认清自己

作为这世间的一份子

身上所肩负的所有重任与使命

把爱穿在身上

穿一件水蓝色的衣裳
一步一步
飘逸地走向有你的方向
把诗情画意的爱心
镶进梦里的窃窃私语
一句一句
靠向你耳旁
让你知道
人生有无数美好的幻想
可以在眼里展望
可以在梦里翱翔
可以在心里深藏
可以书写到纸上

小草天天疯长
长成成片成片的草莽
思念
可以无限拉长
一直延伸到古老的颓墙

月影携了浮尘

挂了青苔

变成痴憨的模样

阳光

天天映着新更换的音箱

太多太多的歌声飞扬

变成了飞天的奖项

拦都拦不住

潺潺碧水荡漾的遮挡

爱的汪洋

带着水润的荫凉

倾心歌唱

向天空

向四方

向着你的欢喜和你的忧伤

每一句

都是青葱岁月所积淀的渴望

是你爱意深沉

历经岁月所沉积的芬芳

有爱不彷徨

有心

就可以把爱穿在身上

笔下有英雄

笔下有个人
一直在字里行间痴等
一如花种般的蒲公英
只等花期再现时
一如溪水奔流的过程
带着诗意的晶莹
携着脉脉含情
带着风韵万种
以及海誓山盟的从容
不在人前
都在心中
或跳离纸间笔端
去不染俗念的灵魂仙境
不被俗念牵绊
追五彩缤纷的梦
兑现真情
好一起共度余生
似漫天飞舞的踏莎行
用唯一的方式
挥笔爱情天地的繁荣
只因
誓言一旦落于纸上
便不再是冲动

用心用意的虔诚
总如一盏明亮的灯
将看向光的眼睛
用心于相依相伴的姓名
如两颗星星
在夜空中
一同被朝阳消融
再隐匿于
烟波浩渺的苍穹
无人知晓着你侬我侬
即便深夜依然高挂天空
似两个孤独存在的汪洋伶仃
用闪着光的生命
讲述着爱的句句叮咛
仿若笔下之人
随时可以深睡
随时可以苏醒
随时可以安然地安静
无情未必真豪杰
爱情王国里的英雄
即便不过是寥寥几笔的笔迹匆匆
同样是世间过客
带着来有形和去有影
将真性情和真秉性
全都演绎成了
可以传颂吟咏的永恒

素心素颜

用什么方式
可以不见
柳绿桃艳的素心素颜
因为太自然
太逆天
太至纯的画面
将最本真的欲念
全部再现
谁人能不喜欢
那一刻的判断
是山青如黛的云雾弥漫
是水流之潺潺
让所有的心思
都被深情所牵
不只怂恿了曾经的勇敢
还成就了心海的继续泛滥

不仅化成了远古的蜜源
穿越千年
源源不断地来到眼前
还润圆了笑脸
以文字特有的甘甜
详细描述了这场遇见
浪漫
且点点于茶烟
清晰辽远
温馨广阔
缠绕无边
无杂
无污染
无论咫尺于山巅
还是藏于心田
都是久赏久看久不相厌
世间的生死恋
无非是这般

甜如雪

凸凹的世界
原本就是一堆又一堆
解都解不开的千千结
即便有解
也会空空如也
如一场大雪之后的天地
白白的
仿若有糖的旷野
可以任由想象中的蝴蝶
翩翩飞向
花粉无边际的欢乐世界
不想
却误进了桎梏的宫阙
让甜如蜜的错觉
变成节外生枝的情劫
带着痛心疾首的意欲与世隔绝
仿若梨花盛开的时节
体会着再不能重复的回合
用无声的道别
让各自的脚印
从此
在不同的道路上
镌下不再同频同行的若干时刻

这总让人

无法理解

怎就刚刚还在的那些火热

一个转身

或一个回眸的笑靥

便让一切

都成了一种再不能重复的婆娑星月

好像总有一只魔手

神秘莫测

明明在盼望春色

却根本不在意一袭白衣的纯洁

明知乌金茶银的美学

也完全了然苍色笔洗的诸多系列

却

依然从头至尾

都心绪无法化解般的层层叠叠

不能忽略

也不想妥协

想怎样的明灭

都不过是烦忧参半不可参阅

无关甜蜜苦涩

无关繁琐便捷

谁的人生

都应该是

大同小异

没有区别

心书

心里总要有一本书
只给自己阅读
是关于身心风水
给另一个自己的贵重礼物
用心
于岁月或匆忙或延缓的脚步
无论怎样
都有欢笑雅兴
都有傲立人间的风骨
包括荟心语
香纱雾
都是无需言语的心绪领悟
纵使偶有万千重的山蒙蒙
水迢迢
横亘于高远悠然的长途
依然可以让心念
拖沓滋养出万千的重复
不过是始于初
终无悔的付出
任心为着如沐风雨的一路无阻

不停于向上向阳的攀附
借助于光芒的温暖眷顾
既有了自然而然的大度
也有了无惧寻常的恃才傲物
低首金玉藏得住
抬头能看见佛祖
守一份历久弥新的爱意深深
一路同行辛苦
一路慎独守护
都成养心的沃土
想最后
用万千字
写长长的目录
一章一章
一文一文
灯下看自己的灵魂
一颦一笑
一回眸的轻幽曼舞
便了然了
生命这非同一般的美丽衣服
是爱和被爱
缝合到一起的一本心书

微风微微

冬月平安的末尾
伴着微风微微
想着流年之后的长命百岁
任情情爱爱不请自来的跟随
选枣菊茶一壶
作为作陪
为实现传说中的无怨无悔
早早起
晚晚睡
用诗词歌赋
成就有氧的心扉
不想
却成全了用心活出来的各种负累
到头来
字一堆
句一堆
无论哪一行
都写不出真实故事的原委
即便已经有了这么多的诗一堆
词一堆

任哪一堆里都找不见落笔有韵的完美

即便补浓酒一杯

也定然不会醉

原是茶水惹的是非

更有听歌时伤及的心中那个谁

落英缤纷

不一定都是因为花憔悴

蝉衣青黛

杜若龙葵

清一色的药里药外花卉

也不一定能医好情绪里的

或伤或悲

即便有心推诿

这世间又哪有什么原路可退回

只能是不后悔

只能是以真心相对

只能继续一路奉陪

让诗

成为冬天也可融化冰雪的不存在久违

让词

作为振振有词的干干脆脆

让句

融化成一池飘有薄冰的春水

带着柳绿花红的娇媚

合清晨清露

映朝霞余晖

在即将到来的春天

将字里的梦魇梦幻

一起推向浮语虚辞后的清晰思维

将醒一回

或梦一会儿的冬夜雪纷飞

写成纪念的诗

记录被温暖掠走了微风习习的唯美

并以此告慰

这已落字成行的深深陶醉

告白

如果不是清晨即将到来

星月又怎能

隐隐褪去所有人间显现的光彩

像迎接新一天的到来

必定又必然地离开

心绪的点滴

虽然已汇聚成汪洋大海

用尽所有的字

依然无法拿出来

即便是说与你

成为心意告白

也不及

因为文字那一般的可以期待

因为

层层叠叠的纸上

已经分不清

哪里是哪里的来龙去脉

反正

哪一处

都可以任由己心的蜂识莺猜

反正

无论多少

不管对错

抑或没有始末

都是再也隐藏不了的情怀

这样的文字

或许可以表达得更实实在在

来的

自然会来

无缘无分的

自然会躲避这无心相遇的柳叶摇摆

或干脆

不予理睬

这样

才是最好的有情擂台

一个说着真心不再掩盖

一个装作不识不知的少年心态

懵懂

才能让回忆带着遗憾的感慨

说一句

或一万句

这才是人间最浪漫的恋爱

拨琴弦

月挂夜空
天天升起
只为人间的芸芸众生
是否都安息了欲望的影踪
是不是又得另寻圣迹去垂名
一边兼听音乐和合之声
一边兼看流水潺潺淙淙
一边兼顾着背后的山峰重复
才恍知
这宇宙的万千丛
心音
只有知音才能听得懂
且无论何种行形
都是琴弦上踏出的无数印痕
一个跟着一个
无数跟着无数
成身心灵魂
可以对接交流的彼此信任
将可以看到的看

将可以听到的听

——嬗变为爱意浓浓

且无人能知这其中的风情

因为

人间已无字无言能形容

即便翻阅词典字句的万千解

也找不到最贴切的任何一个

能够拿来使用

因为

能说出来的都是言不由衷

可以借笔写到纸上的

也不一定是真正的心声

能藏进心灵里的

也不一定就是那个自以为的

可以相看一生
因为
到头来
才明了
只有自己才是护佑自己的神明
只有这样
才可以让所有的心事
全部说给自己听
既不怕被曲解
也不怕被背叛
更不怕被忘却
因为
只有自己
才能度化自己越来越贵的生命

爱

如果不是心落尘埃
人间
不可能如此缺爱
到处是深深厚厚的抱怨
或干脆
于讨价还价中
赤裸裸地衡量
还有多少剩余价值的存在

都想投身于名利的海
都想得到更多的人生精彩
却全然忘记
心跳动所需的鲜活血脉
心
已经不通不畅
情
已不愿打愿挨
在何处找寻
也都是被周遭物化的阴霾
都是躯壳与躯壳

谈身心之外的恋爱

一如歌曲里

世人皆知的那种

隔空表白

根本就是说出来的不爱

是欲望的加持

是欲念的加载

是所要必定回报的交易往来

所以

人心

才被囚禁于荒野莽莽的至深处

荆棘遍布着厚厚的覆盖

不见阳光星月

不见自然天成的那一些

朝成暮变的种种更改

好像所有的幸运

都是与己无关不被青睐

好像

生命中可以拿来品味欣赏的

都是他人命运的被眷顾

被幸运魔手所主宰

其实

都不过是自己的心

没有付出

也定然不会获得因果缘循的善喜采摘

不愿坚守耕耘的勤劳等待

只欢喜于浪漫的款款而来

怠惰于低首娇羞问心共有多少爱

被小心翼翼地深埋

所缺不是所无

是无为于不任初心的被酝酿

被滋养

而始终是

唯恐聚少无多于前功尽弃的失败

雾如书

情深处

会缭绕层层迷雾

成一本不易被看懂的书

在灵魂角落

游移出傲野自然的孤独

守己心

不怕日夜更迭的朝朝暮暮

即便所有的更替

都不过是白与黑的不断重复

一样坚守

只为明了

这世间情为何物

怎一个浅浅的笑

就成了梦里恒定的画幅

几番赏看

都无法停滞于任何一处结束

哪怕守了一生的付出

也要随心伴一泓平和

顺遂血肉的风骨

怎样都不改

初心执着的专一关注

好像心与心倾心倾慕

让这世间

再没有了芸芸尘俗

情话

仅仅是一笔一字的寥寥记录

便茂盛了莽莽苍苍的新丛竹

沁绿

沁白透亮的几许阳光

几多雨露

便可向上去往高位攀附

看向人间

再没了任何可以入心的人物

爱人的生命

从此

行云里雾里

再不迷路
因为
拥有过的被呵护
即便偶有了清醒
涵带了城府
一样会守着已被确认的幸福
异样的恍惚
也不过是
惧怕身心灵魂成被爱忘形后的虚无
爱情的归属
拥有了
便会落进糊里糊涂的心湖
一任时光
在匆匆的岁月里
甜醉相思相爱的所有阳数
即便不清晰
也一样能魅惑无穷尽的希冀长途

简约

上弦月

只多了几许残缺

便将还能到来的命里和合

渐盈成歌词一阕

再用音符谱写

暗夜里的欢歌

用反复往来证明

从没有星星点点的错过

这给了人心以最大可能的寄托

让人心

从此有了爱意渐浓的光泽

且能用融柔的蕴热

精雕细刻

只需打开

吸力强劲且无法躲避的玄幻魔盒

用一生的追随

永不退缩

用无畏无惧岁月

只喜这一只无形的枷锁

将一颗心

锁进最简单不过的清净世界

用历练打磨

将事事时时地记载

变成日后美好的传说

让见到之人

让听到之人

不得不羡慕这个结果

只一方笔墨

便在白纸黑字上

将心两颗

描成一个

上弦月的弓背弯弯

再画另一个

下弦月的心往月圆

并一一记录在案

让心心相印之间

只叠影重重着婆娑和心愿

在浩瀚的宇宙星河

爱到无法割舍

一任规则

操盘着这一切

一任痴心

越来越极简的鲜活

好像

唯有这样

才快乐

爱情清单

爱情的清单上

只有两个人的容颜

是朗月挂在天边

是玉人手捧露盘

是可以相互润心的温暖

是可以拨动心曲的灵魂琴弦

灵魂的心田

有爱的慧眼

一边看向蓝天

一边将缠绵

留于唇齿间不断地绵延

犹如百草间扑飞的蜻蜓

若隐若现

简简单单

却暖了整整一个夏天

更能将全部

印到余生岁月的所有流年

满满的爱和被爱

如一帧永不褪色的画面

让每一个清晨

每一个傍晚

都诗意盎然

这样的人生

无疑

是爱情清单里最丰厚的情感盛宴

用生动的蓬勃鲜活

将诗余的柔婉

于梦中——展现

红颜之所以不变

是仰仗着高高的山

蓝蓝的天

是依仗着璀璨伴尘烟

青霄狂飙任闪电

旋舞佩剑

沉静如莲

都是深情款款的心甘情愿

无语也心生喜欢

只因这世间的好

纵有万万千

怎比这始终不曾改变的九鼎一言

只缘于尘缘的这一见

便是一生一世的生死恋

心声奔波成唯美过客

爱情
总为心绪发声
一如歌曲的名
即便没有爱
也一样好听

这世间总有一种回音
像一次次不经意间的相逢
为自己的美梦
也为他人的心境
一路奔波出诗样的风景
好像
只要用心
就有一切可能
到头来
或许是过客
却也炫美了回忆的过程
虽然都是眼下生活
是为未来的一路奔波
却也活出了无限的憧憬

让相遇的那些曾经

从那一刻

茧化蝶

飞出了壳

蝶变为花间扑飞着的那一个

让有缘的视线

成就了对美好的一次捕捉

还被拖进了

这路遇般的生活

可定格

也可自愈脆弱

我

这样轻描淡写地描述着

生命与生命的擦肩而过

如风霜雨雪

与四季的更迭

任怎样繁复相似

不都是有所不同的

聚了散了

再一次次地回过头来笑着说

我们真有缘

我们都有自己的心事

我们都有一起未来的余生

还如此这般

怎就不能

回音来

在这一刻

说我的心声已经在路上奔波

是另一个我

一定要找到你灵魂的固定居所

因为

那里有这个

久等太久的我

CHAPTER IV

第四辑
雪茧生烟·梦里的合欢

Chapter IV

雪茧生烟 梦里的合欢

给你我所有的激情

纠缠你在风中

像一尊玄木

只自顾自地低头吟咏

仿若梧桐满树的风情

昼夜不停

如烟花落英

是春天长久的痴等

带着满天满地的细碎声

妩媚招摇着撩人的幻听

因为

这世间

只有你懂

给你我所有的爱情

不想让你知道

羞怯

是因为怕触碰

更是想任性

让自己的偏执

由着心意掌控

只可惜

这一番躲避

却离不开你手牵着手的尘笼
像天空意欲挣脱线绳的风筝
即便落地
也带着无怨的心事重重
再随身贴心的不离开
再带出一脸灿烂的笑容
再在一起
共度余生

给你我所有的热情
是最滚烫的那一种
且浮生若梦于鸳鸯画屏
假借沉睡不愿苏醒
用
醒来惺忪一多半的冷静
恍看那盏
写意睡莲在丝绢上的纱灯
弄姿摇曳的光影
与秋天冻霜里的凉珠
一直在做灵魂交相缠绕的呼应
一个很晶莹
一个很透明
只可惜
这只有两份的心境
却彼此看不清
原来

这用心共守的安宁
竟是一首嵌到宋词里的如梦令
即便有百足
也是脊蛊虫被终身囚禁的樊笼
是早已被锁住的一场命中注定

给你我所有的感情
只要能靠于你的肩胸
就不惧人心疏远的背影
过去的
无需证明
没来的
不过是萧瑟冬天里的孤单伶仃
不是飘零
而是凤栖龙心的来去匆匆
雪化尘泥有痕
再重逢
原来的字句
也都是倜傥妩媚的火种
即可点燃一往情深的深情
也可以在生命的行程中
以愉悦为食
以带着思想火花的画龙点睛
作为这一生
所有雪茧生烟的梦
所有合欢花果枝叶的图腾

翩翩一块玉

天象
越来越清晰
待入夏
随风一起
去遥远之地
拆一个永远无解的谜题
是关于
一个向上
另一个还向上的相遇

这世间
总有一些世事的怪异
可以走平坦之路的无崎岖
可以去
漫步花开路的土坡土堤
看葱葱绿意
怎样在眼前
荡尽所有蓬勃朝气
却偏偏
去山高路远的天际
看白云映河里
仿若一块一块的白玉
悠悠碎碎着细腻
似身有银片子的游鱼

更似漫天飞花般的棉絮

带着窃窃私语

缠绵于

这世间不为人知的这一处

那一隅

说一些

过客曾来过这里

痴情人也曾伫立在那里

却都不得不与这一刻分离

因为

各有各的生命轨迹

各有各的归期

只是

相爱的那一对情侣

却可以

一边唱着地老天荒的许愿歌曲

一边将发誓承诺的愿望

交付给命运必定眷顾的偏心偏宠溺

谁人不喜欢

爱己也爱人

爱人也爱己

额上眉

额上眉
或灰
或黑
每一撇
都是心情的门楣
都凸显不能公示的心扉
只见知心的瞻给
且无关世间的任谁谁谁
因为
都是永远不外露的只自己面对
像一个没落俗尘的清静边陲
真心在守护
无外人能有星星点点的偷窥
是自画的花团锦簇
是用心用情的描绘
笔尖尖
纸叠叠
用勿忘我的清净之水

点染笔纸间的快乐

一堆

又一堆

如此依然无法安然地沉睡

只是因为

还有灵魂的另一半

一直在跟随

都一样的思维

都一样的智慧

都一样样地想得美

都一样样的容颜妩媚

带着神采奕奕的光辉

画几许红红的唇

点几抹香香的滋味

让两眉

永远相互依偎

永远在额头

怎样的灰

怎样的黑

都无怨着永远没能相连的无悔

命运的轨道

从不知这世上
竟然有这样一条生命的轨道
不经意间
便驶向遥不可及的目标
途中
稍不留神
便没有了沿岸可靠
余下的
只能是借着初心的光亮
与命运无数次的过招
无论哪一回
都带上了满脸满身心的喜悦微笑
因为
苦也好
乐也好
没有选择的风雨中飘摇
终懂得
这是命运眷顾的最大福报

且不只在白天

也在夜色流水时的星汉迢迢

让一份心智

全都在诗海无涯中

沙中拣

金中淘

在笔墨纸砚的风情里

落款于心绪飞扬的骄傲和自豪

用汪洋文字

点化标点表情的妖娆

让章节与章节

让故事与故事

链接无数个节外生枝的没完没了

一任想象

跟着未来的还未到

一路勇往直前

一路开弓没有回头箭的奔跑
且在最后
让这份幸运的所获所得
成为不必有任何感恩的回报
因为
这天遂人愿的赏赐
是硕果累累的今生
兑现了前世厚望的感召
才拥有了如此这般的玄妙
一路与心仪文字
相伴相随
层出不穷着唯美世界的创意创造
一路与心灵的感悟
相因相生
珠联璧合着知心知足的灵魂舞蹈

错过

彼岸花的叶片和花朵
为什么会在有生之年错过
必定是因为得到了对方太多
没有任何余下的
可以继续进行的所谓承诺
或仅仅是施舍
守着一份既不能提前凋谢
又必须花开叶落的断隔结果
好像
命里难合
才是上天的奖赏
一如月圆之夜
只能一月一年才有的获得
不然
万物总在明月下被沐浴
被润泽
被轻柔地抚摸
怎会知晓
孤独暗黑的生命时刻
居然能天天有月色的难得
由此
才可以让人间的人心晓得

酸甜苦辣咸的百味取舍

悲伤艰辛后所带来的快乐

无论哪一种天赐恩德

都不可不感恩

一如春水的清澈

夏雨的淅沥摇曳

秋天一地的金黄

以及冬天皑皑的白雪

哪里

都是宇宙密码

预先编程好的囚锁

如圣佛

什么都不说

却可使人千里迢迢地来

入静体会无言的寂寞

让思绪与灵魂的坦言

进行精准对接

即便什么都没说过

依然带着离开的恋恋不舍

包括日后所有行为所要遵循的准则

人的弱

只有错过

才会从此知晓

自己在这广袤的人间

究竟曾经损失了什么

姹紫嫣红

如果这世间没有明月
星星的光芒
是否能给我们夜路之人照亮
如果这世间没有了春夏的姹紫嫣红
我们的心
是不是不会如此这般爱追梦

总希望
在梦的天堂
将爱情
高挂于黑夜的寂寥漫长
让心事无限度疯长
到了黎明
再全部进行收藏
——带着内心的柔软舒畅
再用天天的坚强
一直向上
只是
生命在修行的道场
总有一些不能随意触碰的网
是脆弱

也是偶尔呈现的彷徨

好像

还没有坚定好执念的想望

便已踏出了心房的篱墙

即便用智慧

躲过了一些忧伤

却也迎来了继续出现的阻障

明明知道

都是绕不开的前路茫茫

却也不得不一如既往

好像

这思想

不过是因为自己给自己

画了一个圆圆的月亮

天天挂在心框上

不停地仰望

带着心想事成的力量

以及异想天开的诸多渴望

还有

不可能不改

也不可能不变的人间虚妄

时光

刻刻挪移

时时变换着模样

无言

无言

是无需话语的心田

浩瀚广袤无垠无边

犹如春天的温暖

从不曾有过任何改变

不说的话

才是真正的心意藏心间

如无花果的花果一体

无需借助言语的百般奉献

真爱

原本就是灵魂的羽化成仙

不茫然

也不会背叛

只在自己的生命中

自缚化茧

守一生的宏愿

即便不能实现

依然会奔赴来生

隔山隔海隔湖泊地去相遇

相见

鲜活的生命

原本就是人生戏剧的自编自导自演

是自己在宇宙道场里的历练

要用很多天

要用很多年

要用一生的时间

为自己找寻那一片

地广高天可存放的心安

只是非常遗憾

都在抱怨

都对阳光月色星辰的灿烂

视而不见

都对春色的来

夏夜的阑珊

秋收的金黄

冬季的白雪

不感恩

也不怀揣该有的眷念

好像这一切

都是天愿

其实

仔细想就会了然

都是自身为了这文明的传承

这一代赋予下一代的智慧遗产

明了了就会知晓

这生命生存的不易
这生命的鲜活
怎经得住这一番的不在乎
包括陈词滥调的口无遮拦
大爱
只会一往情深地敦默无言
只会一如既往地不必试探
也无需考验
因为
千言万语
都只在心海里静默地滋生着泛滥

山清水秀

水的源头
不一定都是山间的溪流
爱上你的理由
也不是天时地利的邂逅
前世结下的因缘
才让今生必定聚首
欠了太多的情
这一世
要全部奉还
没有任何的遗漏
还需加上来世定然还在的情深义厚
或许还不够
不然
怎会如此偏爱黑夜流萤的绮梦
绚烂着无尽无休
还带着无穷无上的夙愿祈求
仿佛
忙碌的白昼
无暇顾及的诸多烦忧
用心品味的缕缕丝愁
始终没有断掉或参透的时候

只因相思情绪

都成了主宰情牵梦绕的水上泛舟

岸边行走

月下思念幽幽

只恨了不能忘却的尘缘

无法分开的双手

分不清的左和右

都是有爱的迷宫

被走不出的笑容

纠缠成了绝世温柔

仿若誓言里

全都清白明净

随了所有的山清水秀

留在哪

流向哪

都是一路无回程映高楼

照河柳

供鱼游

给月色悠悠时最忠诚的守候

如此

只能听天由命

继续一路同行到白头

夜色金黄

月光
洒到了心上
一片一片的金黄
如秋天麦浪
带着成熟的模样
将爱情电影
准时准点地进行播放
有邂逅相遇的开场
有中间的百转柔肠
好像
曾经的故事
不经意间
便更改了方向
带着必定去不掉的遗憾
随时准备去往他乡
只是
都在缘分的天堂
无论怎样
爱到深处的各自神伤

Chapter IV

都是故事必经的脉络过往
原本是命中注定的风雨彩虹糖
有没有
都带着甜蜜芳香
任什么
都不可替代或干预丝毫的犹豫
或彷徨
一样的奔赴
怎会有不一样的词曲唱
一起收获的爱心
变与不变
都是人间相遇的唯美邂逅
如诗句
在民间徜徉
如画幅
在人间画栋雕梁
如情网
在心间结成生生世世的眷眷不忘
如珍宝
一半挂到月亮之上
一半被爱心深深地收藏

半山壶

半山壶
不过是一种储物
无关金银
无关珍珠
却收获了太多太多的仰慕
定型绳纹的图
夹砂材质的最初
自然的鲜草
超自然的花木
成就了壶里的茶
可以有温度
壶里的酒
可以装满在乎
壶里的水
即便都是相思的苦
也可以看成是
命运造化的艳福

山中有鸟虫

沃土顽石处捕食劳碌

怎知一丛又一丛的山外人生

不快乐

不知足

仿佛

所有爱慕所带来的感触

都是风吹来的廉价附属

忽略了世间还有一种奢侈的付出

叫回报不用告诉

天意自有额度

一如仅仅是一樽壶的义无反顾

既可为所爱盛装背负

也可不为瓦全玉碎成无用

或不可用

或可用

怎样

只在于人的心有所归属

更在于用心者的精心守护

书香

字落纸张印成书

穿过岁月的时光

披一身又一身的墨装

镌携标点陪护一路的成长

在书页之上

行云流水出人类的思想

包括人人想探寻其间的种种渴望

将心心念念

刻印成不同的精神食粮

让智慧的汪洋

不断变换出相似的衣裳

不同的面庞

带着笑

溢着香

将灵魂

用灵魂滋养

不好的都遗忘

美好的全部珍藏

向整个世界

撒墨色的字

于天地内外的人群殿堂

卧室书房

在记忆中

停留徜徉

彳亍彷徨

让自己

更坚强

让生命

更鲜活蓬勃

生出无穷尽的力量

让书卷气

传异地

留异时

记下更多的感动

更多的梦想

更多的书声琅琅

更远的书香悠长

让每一段人生路

都有雅韵相伴

都有文字文章

都心心相印

都不同凡响

弱水三千

迢迢河滩
可行竹筏也可行船
可以使爱心
顺水漂流遥遥三千
去弱水上
将爱心挂念
看是否还无恙安然
或近在眼前
或只在万里之外的江山
只是
无论哪里
都有水成河川山成峦
妩媚翩跹
成心形的画再不能改变
日日
有光照的温暖
夜夜
有寥寥香绕灵魂为伴
纠纠缠缠如梦幻

一如林中鹿回眸的那一瞬间

将情牵

只一眼的尘缘

便再也不见了俗世风烟

只一念的禅修

便羽化为了神仙

使无情的拳

成了五蕴皆空的再不见

只饮弱水甘甜

只将身心灵魂

全部拉向未来无杂绪的自语自言

全部安顿给唯美的爱情诗篇

要余生

只立于弱水河边

舀一捧又一捧的无尘水

让身心再不受污染

且用深情灌溉心田

让有爱的花朵被禁锢在高阁圣殿

一直花好月圆

一直在夜上阑干时

任心绪的堤岸

水涌般的漫卷泛滥

成浪石云水的奇观

成心绪无宁的开端

一边一一赏遍

一边安守于水天同色的宽阔久远

红红的果

绿叶满树成荫
和风飘摇
像翩翩起舞的婆娑世界
间隙有红红的果
无论哪一个
都像你我
带着上一世的盟约
不只在树上垒筑巢穴
更要一起守着季节
白天
不与凡尘俗世的吵嚷对接
只一心
看向对方渐变的颜色
从最初的小白
到清香溢漾的后来
再到结为圆润红透的熟果
谁能说
哪一星星点点的红
不是爱的闪烁似火
都是地球上的生命活一回
都是景象万千的值得
即便是小小的不易被发觉
在树上

荡尽过青涩

有幸被路人欣赏过

怎样一番的最后

不都一样是宇宙过客

即便也有

千般坚强于无畏风雨飘摇的侵蚀威胁

依然保有了风姿绰约的婀娜

好像缺了其中的哪一个

都不是完整的

只有一一都在的无憾

才无愧这最容易被忽略

人又何尝不是

总无奈于获得的太少

又不得不感念于得到的太多

比如

这些文字源于偶然一瞥

便成就了相思相念的这一刻

用有温度的文字记录

用有想象的笔触描摹

红红绿绿

红红绿绿
在不在一起
都是戏
君不见
一颗红心的真心真意
就足矣
着一袭素衣
只染一色的绿意
片叶荡漾的十万八千里
便可以
让云笼纱
于月夜妆奁的款款细细
摆布于
悠悠然的心剧
且此生无法落幕
因为爱情的甜蜜
已经将灵魂的归宿

进行了细腻完美的演绎

斟一杯绿豆酿的酒

燃一盏红漆的炉

白天

让太阳的温度体贴着眷顾

寒夜

被月光的柔和悉心守护

晨曦中

所有均沾的雨露

所有辛勤的付出

都在最后成就了绿叶花开的树

于四季中繁复

终年在繁复中被禁锢

看似天道自然

实则被宇宙的爱

彻底掌控着被征服

一切都明明白白

一切都清清楚楚

看不清

弄不懂

不是这世界的故意刁难

而是个人的修行之路

才刚刚踏上第一步

篆一抹香

衔微霜
篆一抹透明的凝露
守一棵芬芳浓郁的树木
安静地将心事
进行不留丝毫的倾诉
再取几叠
行云流水的多情字
垒成古韵悠扬的一本有香书
将爱意深深
挥毫泼墨于
直白简单的无城府
将要说的话
和盘托出
一如
山间清溪的清清净净
无杂无尘
仿佛若有若无
却是之后就将踏上的一条
曲曲弯弯的长路
布满了荆棘
也会开满花束

Chapter IV

这苦乐掺杂得若隐若现
怎能让人不义无反顾
人生
只有毫不犹豫地活一场付出
才不会留有遗憾
才叫生命没有被辜负
才会知晓自己的内心
究竟会为着什么破釜沉舟
而不仅仅是所谓的跟风品读
倾情本身
还是一场生命向上的朝气蓬勃
以及生长后的渐趋成熟
最幸福
是索要了你一路认真的陪护

带着才华无数

用不凡的谈吐

推介天地辽阔无垠中的万事万物

怎样在自然中

与芸芸众生一起融洽地和谐相处

以此了然

携手逃离俗尘无聊之苦

有多么的幸福

以此

酿希望的宏图

以香道之香的缭绕

生出心花怒放的无数

且一次又一次地被拯救

被救赎

断章

高楼深巷

草木葱茏茁壮

日月更替

时时刻刻都在转换着无穷尽的匆忙

写故事

一晌又一晌

写着写着

就变更了模样

涂涂抹抹的

竟然成了支离破碎的断章

无聊于窗外

无聊于张望

只见几许清风

吹树吹挡风墙

沙沙沙沙地响

仿若笔尖处藏匿的谜底

一个行云流水的自作主张

就曲解了主人公的心曲方向

还一味地浅吟低唱

仿若是酒香

还原了长夜的凄凄惶惶

怎一番婆娑惆怅

都落不到纸上

难道是心意阑珊的诗行
弄丢了真心的拐杖
也丢了浸润想象的梦里天堂
原本就是修行一场
怎就一门心思地借什么星月之光
生来就鲜活的生命
本就该独行于各自的对开木门
遮阳防飞虫的窗
只爱自己的心房
怎能装下另一个灵魂的身心行囊
何况
还有那人的前世今生
以及未尽的远途漫长
真荒唐

只是
如此地想
又是如此幸运的幸福时光
只一个须臾
便白驹过隙地将断掉空白
连接了一个又一个
起承转合的后序篇章
让纸上的一切
全部稳妥对接
全部一如既往般地安然无恙

玫瑰衣衫

玫瑰的微香
醺醉了花的艳
美衣
比衬着凡尘活色生香的仿古画卷
怎还生成了空空如也的眼前
只有远山远水的景观
缺了一份近处的清晰了然
仿佛
远古再怎样瞬息万变
也无法闯入此刻的心田
悠悠然的过眼云烟
全都成了没有灵性的几句半
无法表达
更不能修饰装点衣衫
原来
一切都成了记忆里的碎片
带着冷冷清清的渐行渐远
以及再无需看一眼的愁烦
一一高挂在天外天
即便那里还有想要的一片片蔚蓝
带着白白的云朵
带着斑驳的星星点点

带着最神奇的心愿

依然不能被关注着全选

谁的眼里

都无法装下任何的与己无关

即便心有善

即便记忆还有一些挂念

怎奈

查遍了字典

依然是无功而返

身体需要的

不仅仅是用衣装来御寒

不仅仅是漂亮被看得见

也不仅仅是各种好感

心近身远

或自顾自于生命在生存的空间

是如花灿烂

还是叶一样的招展

抑或是感天动地的大爱无言

大善无限

大美无边

衣衫

美或不美

若是仅仅在于是否在爱人的眼里

便都是美丽的呈现

染红心

借一缕微风
点蘸几许豪情
在心上
涂染红色一层又一层
看红心
还能延续多少精美的风景
还能不能
一如从前那般的从容
将夜的朦胧
将优雅魅影
一点一点地融进
这人间最美的图形
让今后所有的心意
都有迹可循
让所有的心想事成
都有字画记载的情深义重
把生活的琐琐碎碎
全部说给未来聆听
将平平淡淡中的憧憬
变成花园温馨的淡定
包括情定终身的偏宠
哪怕还有世间的夕阳下落匆匆
朝霞初升时的雾霭浓浓

一切
都不过是必经的障碍重重
因为爱情
从来就不是什么空穴来风
门当户对
也不过是利弊的权衡
只有不知缘由的冲动
才是元宇宙里的爱
有始有终
且历经一代又一代人的盲从
经历了一个又一个的繁复人生
磨砺了爱情的永恒
也奠定了爱情的被推崇
被追逐
被越来越难以掌控
包括人人想的却爱而不得的苦痛
到头来
得不到
才会尽显其奢侈的遍撒天地播种
却没能有更好的收成
哲学说
这叫规律的万法一宗
我说
这是自己想象的美梦
一直在
日日夜夜的风雨兼程

共情

若凤凰和鸣

若鸳鸯眠并

能相守此生

需多少世的修行

还有多少相看不厌的幸福幸运

心在一起

不只要如花如初的面容

也要有叶落叶凋零后的回首放映

一幕一幕

将一切的不同

认定为上天刻意赏赐的以沫相融

且无法更改

才可长久续命

不然

即便有天意巧合的相遇相逢

即便不是行色匆匆

也不会珍惜过往的曾经

忘记

忘却

一向都是人类拿手的禀赋天性

谁与谁能同行

早已注定

如春夏秋冬

如宇宙洪荒之力的任谁都无力抗衡

由此只愿

一切听任心的引领

即便没有一切皆空

又如何

心安自在的不盲从

才能让自己

成为精彩故事里的主人公

不是双向的奔赴

不过是自欺欺人的幻梦

彼此欢心的生死与共

才是你中有我

我中有你的难寻魔镜

看不清的朦朦胧胧

隐藏的似懂非懂

包括很多很多的说不清

才是梦缠绕的同心

魂牵绊的共情

鸳鸯藤

山坡疏林篱笆墙

对开的花

映出成片成片的闪亮

水中有鸳鸯

雌雄相伴

一如金银花开在地上

或银白

或金黄

带着或冷或暖的同生同长

同沐阳光

假借人心寄予的有爱厚望

包括牵手长途的力量

让相互倚靠的温暖

不变凉

也不显恐慌

人心

好像被这美名布施了魔网

怎样想

都能获得爱的缘深情长

想让余生

开出此花的模样

且可以随意想象

无论路途多崎岖遥远

都可一路生香

都可书于纸上

都可玲珑剔透着欲念的飞翔

还有执着于模仿的各种逞强

好像满眼所见

都是相爱的近况

都是不散的藤鸳鸯

都是好看的故事

不只千古流芳

也会被珍藏

只因金银花的生长

恰恰应和了

所有相爱之人的所有向往

西厢记

唐金元清有记忆
崔莺莺与张生的爱情
穿越千年的风风雨雨
仰仗了用情于记述本心的笔
一次又一次
带着不断被更新的故事结局
拥有了越来越多的诗情画意
以至于
到了红楼梦里
大观园的初相遇
再现的
已完完全全的今非昔比
爱的根基
在风雨穿越千年的四季
被历练了更多的神奇
西厢
抑或是月下
都成了风月绮丽的诗情画意
原来
这人间的哪一对男女
尘缘因果
都无法超越这岁月升华出的用情创意
太多的不必寻觅
太多的爱人心绪

纵然都是天马行空的虚拟

纵然相思入骨

万劫不复

又怎抵得过

这传承惠气的书香门第

将一个莺莺传

变成了一部西厢记

将一场旷世爱恋

进行了不断变幻的演绎

从最初的一块璞玉

到开卷几支序曲

再到文采夺目的图集

借用羽毛

将华彩满天

变成如今百看不厌的影视剧

如此

只能谦卑地用文字

叩谢先辈

这一路

令这由古至今代代流传的话题

枝叶花果更浓郁

枝繁叶茂于

中华大地

感恩有旷世逸兴的才思泉涌

不仅遵从着敦诗说礼

还能让不断被升华的情爱

越来越撼动人心

越来越浪漫美丽

子衿青青

子衿领

正是翩翩好年龄

青青的一介书生

恰逢倾心于玲玲珑珑的如履薄冰

不过是一路跌跌撞撞的懵懂

芭蕉叶色半透明

时而清醒

时而如幻梦

却怎能

这样的一番美情形

令箭如兵令

蜜语甜言的哪一声

都歌声般好听

刚刚说出口

便被锁进了永恒的人生

这才是真正的爱情

再怎样的四方颠沛意难平

再怎样双双投进有爱的陷阱

始终都是人间仙境

天界难寻

更难界定

身落其中

甜心甜情甜景

离开了

心痛得要命

即便是暂别的时刻时分

都因曾经

置身其中得意到忘了形

果真就是好命的不幸

像糖甜爱苦都错用了姓名

怀揣仰视的憧憬

包括崇敬

却抵不过要一番自怜自艾

照见自身真形

或开始于冷静

或动用利弊权衡

然后

认真验证

能全身而退的根本就不是爱情

充其量

是欲望的眼睛

假借了虚无的一张饼

对影于对应

了然于不懂爱情的真与假

都是人间人生的通病

写书法

人间有字

哪一个的哪一个

都是奇异的国花

可以借它

书写天下

可以用它

让笔与墨

在纸上进行千年不厌倦的各种表达

是书法

是心无尘的无杂无暇

将落寞

以及豁达

绘成淋漓尽致的书画

虽然只有一种墨色

却丰润了书香长路

通往清宁致远处的天涯

带着瑰丽的云霞

落回灵魂的家

与凡间他人

结缘于神来气旺的诸多潇洒

一如挥毫泼墨时的心智被羽化
一如凝神静气时的智慧被开发
以此让自己知道
这一切
不过是一个自己
与另一个更美的自己对话
这
或许就是人间最浪漫的高雅
预备一壶清茶
采摘一束鲜花
为着一纸风情的千字摇曳
万句升华
以及字里字外
谁都无法看清的那些所谓涂鸦
只有自己才懂
借笔墨纸砚
或一挥而就
或不该有的心猿意马
都是本真的自己
在字之外
给自己编织的神秘面纱
只待能够看懂之人
越过墨香袅袅重重
回应意欲得到的那一句
仿若小鹿撞胸般的回答

好想

好想靠着你的肩
睡觉
将我灵魂中的俗尘
在有你的梦里
给彻底清掉
醒来
继续向前跑

好想牵着你的手
远走
去那些没去过的地方
看那些没看过的风景
归来
便不再抱怨
因为
再也没有遗憾

好想走进你的世界

深深

领悟你的成熟

明了你的稳健

还有你偶尔的单纯

以及你的自信满满

离开

依旧带着我无法割舍的思念

好想把我的心事

写进

预测不出结果的长篇

让心情

流于笔端

让故事

落进纸间

不想

却成全了

我这想得开就不美

想不开才美的须臾流年

清荷清香

细雨后
独入荷塘
独自徜徉
与荷叶迎风招展的遐想
一起
伴青荷青涩的清香
盼花蕾
快快出箭
繁茂满池荷花的绽放
然后
再满池飘出幽幽馨香
在微风中
摇曳成少男少女相爱的模样
甘瓜苦蒂着所有的求道于盲
而不是现在这样
独伴微凉清酒
静赏
围拥周遭的翠绿景象
一边纳凉
一边为独享

隔着热浪的心间屏障

将相思小心隐藏

只留被安宁掩盖的惊慌

一起落寞于青青田庄

一条曲曲弯弯的木栈桥上

忍禁不住不想的过往

让惬意

顺壶酒

去与莲脉细述衷肠

所有淡淡忧伤

不过是

不要念旧时光

不要寄予未来任何厚望

只在乎眼下这悠悠然

清清闲

以便在未知的将来

可以在如此孤独时

自己给自己讲

曾经

有过这不可思议的暇旷

一半是自己

一半则是

另一个自己在成长

云水茫茫

水上天堂

有浮云飘荡着飞翔

沧烟袅袅

浩浩海洋

有惜玉有怜香

也有水上风浪

一刻不停地往前闯

像青春韶华时的梦想

无论何时

都不可能被存封在心房

哪怕借助于星星点点的光

也会旖旎炫彩的漂亮

挂满动人心魄的希望

让一颗心

恨不能

何时都能即刻扬帆远航

一如想象

无需所谓的谨慎思量

只需本源的心性芬芳

便可开启万里征程的信马由缰

无迷茫

无彷徨

有无上的信仰

有铮铮钢铁的脊梁

纵身于

云水茫茫

遨游于无俗无尘的瑞象

如此幸运

只因拥有了爱人的模样

便拥有了托付神驰的心向往

即便是梦一场

也依然欢畅

即便是静默对峙的较量

也能变成无声浪漫的诗行

即便有意将无念的曾经遗忘

也是被尘封的百宝箱

即便再不触碰

依然是生命历程中的万丈光芒

此一番情境

在路上

何易于

任何艰辛万难都无所畏惧的玄奘

从西天获取的

何止是那些有字的佛经宝藏

仅仅为人间

有大爱临在的眷侣鸳鸯

用虔诚和坚守

给无爱之心

树一方又一方

有爱才能拥有的幸福吉祥

蓝色子午莲

相传

一位远古的痴情男

让女巫将其化作俊美的蓝睡莲

常年

长在公主窗前

上午

花开盛艳

下午

闭合于痴情缠绵

夜晚

将一往情深的等待

嵌入公主的梦境里相爱

醒来

在霞光粉妆晨曦的不同名字之间

继续舒展花型的灵魂

花瓣的好看

想一想

所有的喜欢和爱恋

无不是这故事的复制翻版

白天

都微微熏笑于温情在的脸

因为爱

意欲流连无限忘返

因为被爱

续存于活泼开心或深沉含蓄的委婉

即便再无波澜显现

也都是一样爱意深深的情感

不只在每一时每一天

更在每一年

花开时

扬起命运风帆

花谢时

将感恩变成沧海桑田

一如人间坐禅

用善念

呼唤本心

用包容

兑现

用迁就

随意获得心安

不在乎任何欢喜的逆转

以及大限将至的必然变迁

坦然于

水镜之间的彼此相见

用静默的誓言

执向各自灵魂的彼岸

人间醉美

西施蹙眉不一定因为愁
效仿嫉妒的左或右
反而成了千古流传的丑
人间的美
依然依旧
依然一刻不曾有过停留
百花开满枝头
绿叶与花香一次次合谋
将花的清秀
将叶的清幽
带给春满园的长久
将美的得天独厚
变成天然一起的来
成为无去意的始终相守
即便花飘零
即便叶落深秋
即便所有的美景
只剩一些记忆在心头

怎奈这美丽人间

怎一个四季轮回的相望于各自眼眸

怎一次的彼此相视看不够

终是你期待着我来

也是我不愿意你走

都在这完美的世界里

跟随着日夜白昼

喜看月色星斗

将宇宙高挂心头

仰视

再见深邃的无尽无休

平分秋色

将璀璨成全为内心感受

让美

化成无声的贴心问候

知否

或不知

都是尘缘共修的不是冤家不聚首

相互依赖着依存

相互辉映着成就

那一瞬间

岁月的船

摇摇晃晃地停泊在水岸

沙石滩

映着串串水珠链

在所有的日子里

烁烁闪闪

仿若一张张笑脸

如梦似幻

完整地记录着

这幸运人生的幸福执念

让最美的那一瞬间

变成了无数次的再现

即便偶尔

也会变成暂时的渐行渐远

依然

无碍于一颗心

坚守船边

悠然着从未改变的安全感

如天水相连的海平线

让鲜活的生命

一如河流

一路奔腾着向前

再飞升于白云之间

变成云雨雪落尘飘散的回转

高高山上的花朵

一样会与低处的花开那般

有绚烂

有迎风起舞的招展

更有花谢时的无声无言

最后

云烟了却的一切

只能被文字

固定搁浅

或定格于心上

或落定于纸间

或尘封于记忆中

留存为纪念

或仅仅是

无数个须臾的闪现

泪流满面

水珠串串
挂草叶栏杆枝头上的花瓣
仿若泪流满面
不只是哭泣时的容颜
也是一种幸运
一路跟随了这么多年
像心中藏存了太多的感念
只能这样展示真实的心愿
让热泪
一路跟随着去明天
那里
有更多的诗篇
用来形容清露融圆
楚楚清澈好看
哪一句比喻形容的潋滟
都是这一生
谢天谢地时谢过的所有尘缘
怎就如此
给予了想要所有的一一实现
比如

一些愿意回忆的片段

比如

心底荡漾的涟漪波光闪闪

虽然不被外人看见

但依然无碍于穿越岁月的颜色不变

也不消散

何时何地

都在灵魂深处

以及身边

或萦绕

或还原

让命运的脚步

停不下

都无关乎未来现在的心安

因为

生命色彩如此的灿烂

早已没了任何遗憾

只有感念于天地辽阔的无限

让一颗爱心

不缺任何可圈可点

知足满满

多幸运

在这人间

彼岸两全法

从初春到深夏

虔擎支支彼岸花

在忘川河岸

看花瓣在微卷中

与光影对接出通脱与旷达

便了然了

这世间根本没有两全法

藏于心中的秘密

不过听了几句贴心的话

便飞奔出心门之外

再也回不了家

从此

一切被命运放逐天涯

一如彼岸花

花开不能见叶

不就是怕

用生命付出的代价

怎还有好容颜

可以拿给对方牵挂

灵魂

也随之成了无用

怎能与花色争高下

爱

不过是情愿受罚

没对错

没花果

只靠根脉发芽

以此让这一生

在风中

终究站成了英雄

为天注定的爱情

为孤独也不落败的从容

成全了

为爱牺牲了全部的回应

这一些

才是世间最美的问答

是对人心贪欲凄美而残缺的描画

天意警示的善

花逃不过

人心

更被命运摆布得出神入化

篆人间香甜

深夏柳丝缠缠

公子翩翩若惊鸿的一瞥一尘缘

情绪满天

再没有了浮薄隐身的经纬

或攀峰崖

或向低处搁浅

由此

而惊醒了才子的才情

使得才华

从此无休无眠

都说宇宙景观

再怎番变化万千

也比不过人心的体验

是对人间

最直接的能量转换

将苦乐极限

幻变成爱意深深的美满

将苦辣酸甜

历练成自圆其说的答案

将不美

看成是玄妙炫美的图篆

将不爱

看成必须感恩的祷念

心怀永恒的祝愿

祈愿于彼此的安然

让与己有关的牵连

变成香甜怡静时的梦里所见

不是现实残酷有风险

是缺了一双善于识辨美丑的慧眼

不识人

不知心

不只将利益爱恨随缘

作为开始结束的尺度禁限

而是将包容

于天边眷恋的无限拓展

都是一个祖先

何必计较远古的远

眼下的近在眼前

都在亘古不变的人间

人心

要给予人间最无限的温暖

去船上

有一种远航

是去船上

随着风浪

白天与太阳一起闪亮

夜里

伴月色星光

在一望无际的辽阔海洋

无畏于昼夜繁复变化万千的景象

一路向远方

向梦想

向新一天的新希望

将陆岸上曾经有过的迷茫

全部扔进深海无边的天然宝藏

让自己

比之前更了然宽广

铸成日后迎接风雨沐冰霜的胸膛

让坚实无比

成为有胆识且有担当的脊梁

让所有多姿绚烂的设想

成为勇敢博弈的开场

与余生的所有

一起见证

一起成长

使得生命鲜活的个性主张

品性升华于不再内敛张扬

在自己行千里万里的路途上

繁衍滋生出

曾经的无法想象

以此报答

生命给予生命的奖赏

只因这一程

看到的不仅仅是

海水翻腾不停止的波浪

天空云层叠叠莽莽的飘飘漾漾

更有碧海飞鸟的展翅飞翔

以及潜鱼在海波处

无声默契的随行歌唱

原来

生命在宇宙的玄妙真相

让万事万物都如此这般地坚强

如此这般地将生存的渴望

无不寄托于

一路的颠沛流离

只因绵绵不绝的源远流长

生生不息的源泉力量

始终被恭敬着奉养

始终历久弥新着极寿无疆

一如托船行的海水

一如迎船往的海浪

一如船之上

那些思绪思悟

那些思念思恋及思乡

暮色灯火

人间有灯火

璀璨明亮着万千炫色

你我

无需太多

只一盏

照亮在相遇的那一刻

让红色的光和热

映照之前的那些落寞

从此

都坠入一条叫作无忧无愁的河

再双双从桥上走过

去往从没去过的那些景色

想象中的亭台楼阁

高山陡坡

即便是名胜传说

也不必枉费心机与以往所知

一一对号入座

无论这世界怎样变迁摇曳

有正缘的你我

或分舍

或和合

都不过是好结果的高深莫测

因为

彼此的灵魂里

都有一个前世今生的相同因果

如今

已长成树

春未到

便已开出满树的花朵

或许是因为曾经的命运里

有过同甘共苦

与坎坷

有过饮水思源于爱与被爱的炽烈

不然

不可能如此同命相连于

岁月悠悠的婆娑

且静默坦然于

无怨无扰的内心宁静平和

好像

那一些

都是这一刻的暮色灯火

是尘缘相聚的生活

是命中注定的如期相约

竹船

划我的竹船
游离于水间
戴着我的玉珠链
双手合十我挚诚的祈愿

去那片青青的岸
将我的梦幻
送与那棵最大的树
将一切
都托付给它照看
全是我的思念
满满的
如数不清的树叶
挂于枝干
无论何时
无论早晚
都给天地巡回的循环
以不在乎天高地厚的招展
飘扬给细雨绵绵

坚强给雪花翩翩

散漫于晨雾袅袅

倾心于炊烟的缱绻

——全部留作纪念

图圆满

也图这一生一世的成全

虽然纯属舍近求远

但是

这份浪漫

是我想要的人间尘缘

无论深浅

都是这一世的生命

因为拥有了爱情的甜

被爱的温暖

便意欲将这世间难得的情

以这样的方式

进行复制

进行粘贴

或还原

或翻版

无论怎样表现

都因为太喜欢

到后来

到后来
我已不在
我已不示爱

我已化成了天上云
飘逸着离开
却
重新落进了你的视线
融进了你的心里
才知道
我早已在你的心里
悄然地躲避
用最有安全感的惬意
成了另一个你
这在这世间
是多么难寻难觅
哪里的哪里
谁人见过这样的相爱

我藏好了你

让你空空的躯体

将灵魂所有的爱意

全部送与我的余生

去长途跋涉

去行千里万里的遥遥无期

我怎敢不努力

所有的苦

都有蜜意

所有的乐

都有泪流过的痕迹

爱

全部无声无息

不该有的恨

也都成了春风化雨

怎就这样的相爱

不顾及这世间

根本就是俗人俗世的俗风气

却要这样执拗地坚守到底

不靠运气

只靠爱的无限无涯

将所有的情绪

都放任到后来的诗情画意里

思念太满

提笔写诗篇

思念太满

满到无法再想念

好像

连自由呼吸都困难

如鹅黄扑香

馨馨雪浪遇见温温柔柔的暖

从此

难有心安

不过是因为喜欢

怎就如此失去了笑颜

让所有的幸福感

都变成了游离于思想的那片天

无涯无边

只能全部返还

存到灵魂的最里面

便

无需躲闪

且可以任其无数次地与自己交谈

问内在

问外延

问不可碰触的丝丝敏感

问为何如此这般

还有

如此这般还要多久的时间

人生苦短

怎都要拿来仅仅用作思念的无极限

甚做无穷尽的循环

让缘生缘

使缘成圆

都始于诗经中的爱恋

都跨越千古河川的流传

用无所知与无所识

幸运着牵手这么多年

只是

如此努力了这番

依然觉得才疏识浅

只因真情面前

什么样的才识

都不过是过眼云烟

一片一片又一片

有了真情

便被蒙蔽了双眼

更有了天地无岸

灵魂的果

灵魂的果
是心花开过的经络
途径朦胧不安的角落
自说自话成
一个极其独立的角色
不可多得
在只容一人出入的境界
安然
一如溪流涓涓入河
一如晴天飘忽的纯白云朵

灵魂
这隐蔽的心花之果
即便将其置于繁华
也不会忘掉自我
因为
有来路的执着
有心香捻成的心动情歌
有爱怨
都放不下的难以割舍
有不逐流于

不仅仅是衣食住行的柴米生活
纵使有起落
也是架到空中的亭台楼阁
无影无形
无关虚假造作
即便蹉跎
也是片刻
即便成了过客
也不过是下榻时的半间寒舍
或暂坐
或暂住
都无惧于未知前路的坎坷
一人一世界
一开始就装不下任何
哪怕有晨钟暮鼓在四季穿越
哪怕有繁杂纷扰意欲浸染生命的底色
怎奈
灵魂只有一念无我
自始至终
都在朝气蓬勃
还有一念彼我
更视莽莽苍穹为草木繁茂的辽阔
有灵魂安在
哪怕世间只剩下自己一个

Chapter IV

因为
在哪里
都是一样一样的万里星河
一个在闪烁
一个在述说
一个不怕寂寞
一个梦里梦外穿梭摇曳

爱情殿堂

人间有情郎
也有多情的姑娘
奔赴最多的
不只是双向投入的情网
更有势均力敌的必然对抗
如同这世界
有黑暗就有光芒
有出生就有死亡
有萌芽的开始
就有向阳向上的不停生长
绿叶要壮
才有花的香
结的果在冬天来临之前
将希望
聚集到司空见惯的种子身上
让轮回
成为延长生命的平平常常

爱情何尝不是这样

相见欢

不过是爱心被滋养

不过是几场春雨后的几场秋霜

一切

便都变更了景象

一如季节更替那般无声无响

不知不觉中

一切都成了不了了之的失望

没有力量可真正抗衡

没有智慧能真正较量

一如红花最怕无人赏

对镜梳妆

总要有爱的人在心上

才会更漂亮

相爱的戏

不只是有词有曲的歌唱

更是不走江湖也要静修爱心的高知殿堂

大爱无疆

不爱必会有假象

甘愿为对方忘我的不思想

是错奔长城被自毁的方向

什么样的过往

都抵不过命中注定为悲剧的情殇

好像

一切都顺其自然无需再抵抗

到头来才知晓

不过是假扮了一对欢喜鸳鸯

好事难成于痴妄

更是必经桃花劫难的无情时光

天体在运行

人心

不过是随行了须臾一场

红尘寂寞相爱的你我

人人都说

红尘的苦乐

红尘的寂寞

专注了那么多

无视了那么多

却忘记了

来这斑斓炫彩的世界

究竟要做什么

爱上心心念念的那一个

在芸芸众生里

挑出万千中的另一个我

好好地守着

看好的

快乐着快乐

看不好的

又有什么

都是千辛万苦寻来的
横竖都是这一个
再无不满意的情结
有的
只是一生都这么活着
值得

世间的花
有没有这些
都一样的花落结果
有了这些
花色会更艳
果实会更加丰硕
好像一切
都顺遂了心愿
成了人间最幸福的
好比鸳鸯凤凰
麒麟貔貅的寓意
不仅被人为赋予了太多
更包含着
人心向爱久远的执着

蟾凉叶落·水绕胭脂色

关于"爱情岛"
——给爱情留一个好位置

从未想过，此生励志写电影剧本的我，会在创作的长路上，于某一天，备好本，拿起笔，在新建的电脑文档里，进行一次梦里梦外都无法分得清的信仰之旅。是一个人的长征，却为了写相思爱情。目的只有一个，就像这篇后记的副标题——给爱情留一个好位置。

初衷如此，结果亦然如此。

有朋友问我，你主攻情感作品的创作，面对当下情感焦虑和冷漠的时弊，能不能一针见血地说说，什么是真正的爱情？我即刻回答：妈妈对自己的孩子，就是爱情！

我说得非常直接，对方接受也很便捷。

真爱，明明就在整个世界的任何角落里，人们却偏偏不愿意以此去进行比对。原因就在于，这种血浓于水的爱，被归类为亲情，人们便忽视了它的天性使然，但它就是真爱最真实的模样。

若是真爱，又如何区别得出对方究竟被归类于哪里？

亲妈对亲孩子，倾其一生所有还能无怨无悔，待得以回报时，哪怕仅有星星点点，躲闪之余，更多的是流露出的骄傲与自豪。是多么地幸运，那份欣欣然的开心，人间何事可比？而这漫长又心甘情愿的付出过程，就是真正的爱情。

是生命对与己有关联生命的热爱。

是生命对与己有关联生命的关怀。

是生命对生命最忘我也最不计较，更无需回报太多的人间真情。至于说它被冠以什么样的说辞，不过是人类更理性意义上的人为精细划分。只是任谁都不能忽视的是，真爱的所有，它全部拥有。

生活中，无论什么人、什么事，用这样的尺度去衡量，瞬间便会得出最标准的答案。除此之外，诸多投入，在万事琐碎的惦记之前，再怎样与之相匹配的昏天黑地、口吐莲花，即便屈膝礼跪，之内之外，都必定要附加一些先决条件。

或门当户对，或才子佳人，或各种精神拥有与物质拥有的完美契合。要么相似、要么相近、要么又可以让自身认可的认知，即便都没有，也要有白天黑夜的不舍与思念。因为不如此，便不足以拿来说爱情。只是非常地遗憾，欲将必要的条件拿掉，便有可能使得一切，瞬间化为乌有。

这便是活生生的生活。是我们所祈盼获得的生活，也是所有人都无法逃脱的生活。人们口口相传的爱情，依然堂而皇之于大庭广众之下，满目的比比皆是。但如池塘深处的淤泥，怎样都供养不出盛开的莲荷，不是没到时候，便是营养不足，或是莲藕的种子都还没有着落。由此，让无限热爱于用文字书写世间百态的我，幸运地获得了一些由心灵生发出的花开有香甜、果实挂满树的字词句。

一方面，我赋予了它们更本真的天性质朴。另一方面，我将它们嵌入到了四季穿梭的岁月更替中，将诗情画意全部抽离出柴米油盐之外。这不合时宜，却符合人们心心念念的爱情。是人间所向往的爱情，不染俗尘，却生于红尘之中。之所以有这个结果，是因为众生的需要，便有了我的需要。

这缘于一向喜欢自律修行的所有日常，也缘于这个时代的召唤。因为爱情，对太多现如今还在变化万千的说辞，已面目全非地隐退到初始的萌芽状态。人们认知的爱情，已经不应该叫爱情，应该叫它欲望。

欲望——写这篇后记的此时此刻，我不得不再重新审视这个早已熟知的词。我想，人世间太多的欲望，充满了太多的自我专注，也包含了太多自我索取所获前的巨大原动力。爱却不同，爱更多的是主观出发的付出及给予，是无我且忘我的甘于奉献精神。因此，想辨别人与人之间的关系，用这样的概念去衡量判断，应该是再简单不过的事情。

我写诗，确切地说，源于一个梦。

2021 年 5 月 15 日，我梦见自己只身一人，去了一个红色砖瓦维护起来的庭院门前。见门廊处有高高的灰石台阶，我便一步一步地走上去。到达缓步台，抬起头，见对开的棕色木门上，张贴着两个大红色的双喜字。

犹疑着是推门进去还是先敲门为好时，听到了里面依稀传来的欢声笑语，于是，即刻打住了念头，止住了脚步。待梦醒的那一刻，我才知道，我去了一个对我来说，应该是个望而生畏的神奇地方。我即刻拿起笔，将我的梦境，用十三个字，进行了翔实的概括。再然后，待知道那是何处时，将那十三个字，很好地隐匿到《廊前有喜》的一首诗里，算是一个纪念，更是意义非凡的感恩。

我感恩于梦境的点化与指引，也感恩于我的今生，一直在这种若隐若现的梦幻引领中，一步步地向前。每一程，我都走得坚定而有力，固执却不盲从，仿佛所有的一切，都可以一眼看到未来的清晰了然，且没有任何困惑与质疑。方向正确了，行进的路上，即便有阻碍出现，也是命运眷顾的特定保护。

我一向这样认为。

我总是觉得，一个人，在生命的过程中，所有的顺境或极其不想与之相遇的种种逆流，都是上天的有意提携。顺境，可以走得更通达；逆流，则可拥有更强大的力量与刚强。一如洪水路遇绝境时，瀑布便成了洪水奔腾汹涌到无路可退却也必须继续驰骋千万里的一道独特美景。

这不仅仅是无奈的一种必然，更是充满无限奥妙的世间奇观。

想到今生最初写诗，便是平生第一首变成铅字的处女作，一首刊登在家乡《抚顺报》文学版的爱情诗。只是有些小遗憾，那诗情画意的开头，只一个转眼的须臾，便被之后创作出来的散文、小说和电影剧本淹没到只属于我自己文山字海的万丈红尘里。直到有一天，见到朋友圈里的"兼葭爱情诗"大赛链接，才发现，无论怎样翻找，也凑不齐赛事所要求的六首爱情诗。没办法，拿了一首歌颂友情的诗，坠在最后不显眼的位置，以求得蒙混过关。幸好，有幸获得了平生第一个由写诗而获得的金色奖杯和红色荣誉证书。

欣喜之余，我便开始了爱情诗创作的长途跋涉，一路向前，义无反顾，真的一如梦境里去过的那个地方，就是一片土壤丰沃厚重的诗的天地。更始料不及的是，这一路写来，写得"春花夏雨秋叶落，冬雪再飘飞漫野"的无边无际之时，我的诗也跟着季节的脚步，层层叠叠，连我自己都弄不清哪一首写的究竟是哪一些文字了。

十八个月的时间，我已经写了六百多首诗。这个效果很好，让我欢喜得不得了，如果不出版一部诗集，好像就不足以说明这些文字的存在意义。于是，深秋寂寂的一个午后，在一个意外浏览的网页里，意念的缘分，便悄然而至。

是一部酝酿中随时呼之欲出的诗书，成了我生命中一朵待开的花蕾，在我的生命中，在我写字的路途上，成了只属于我自己写字生涯的一部分。而这一切，不过是从去年年初的爱情诗大赛拿不出赛方要求的六首爱情诗，到整理诗集时的现如今，可以在众多的诗里，淡定从容地精挑细选。

我很是感慨，既感慨于什么样的获得，都可以与阳光雨露相匹配着给我以温暖；我也很感慨于什么样的人生感受，都是月影星光的温柔撒播。好像无论何时，只要我抬起头，便能看到天空中的云朵，月夜下的草莽，都在微风中，窃窃私语着不为人知的这份美好，而这一切，让世界更加地和谐美丽。当然，也有始终深藏于心的爱。

醉花缱绻·细雨相思伞

对人、对事物、对世间的一切。

这部诗集，一共收录了 160 首诗，是在我 656 首诗里认真挑选出来的。难度之大，可想而知。这既是个大工程，又是一个与我自己的文字进行一次理性又残酷的取舍与诀别。当然，也是一个再学习、再进步的过程。这过程，必定要从最初挑选的记录与诗创作有关联的笔记本开始。

一个名为"花儿未说的故事"硬抄本，有着金边硬壳的封面和封底，都是漆黑的胶版纸，有诗的深厚韵味，更有着说不清楚的深沉内敛，一如我的性格。封面上有九朵灰白与浅蓝相间的花朵，大小不一、或东或西地盛开在长长的弯曲花颈上，每一朵花都好像孤单荼蘼着安然寂寞，仿若古风中的干枯花衔木，既欲摇曳又不善动，只哀哀怜怜着幽静恬淡的一种美。

不想被人间发现，却美艳了刹那被发现时的视觉。

这让我有资格认可，写诗的过程远比写出来的诗句更美好。好像一个人，在迷离的状态中，或升浮，或已经坠落，悄无声息地静默着，又恍若一直在惊天动地。

我想，我真的走进了广阔无垠的诗意天空之下，在那片天地之间，真正地发现了世间的美好。哪怕仅仅是一粒凡间的尘埃，也可以让我从它们的身上窥探出蚕蚁的忧寒，赏鉴出高山仰止的巍峨。仿佛这世间的任何，都在我使命在肩的路途上，用尽全力地奔波，付出一切尚可用尽的力量与能量。一如爱情，一如爱情的结果，以各种各样的方式，呈现给误读了它的人们。因为无论它以什么样的方式出现，或呈现，都仍不失其美好与美妙。

爱，才是这世界最得以维系至今的原动力，热爱更是，却令人不解的是，它却是人类永恒谈论的话题。由此，我了然了我自己，一如一鼓作气地完成了眼下的所有，我这才发觉，一切都不再是之前六神无主的样子。

之前，一心想着、念着世间不一定会有的爱情，待一一落于笔端、写于纸间，且全部当了自己的已经拥有，不可能再失去，自己整个人，因此变得从容理性，悠闲而优雅。甚至还觉得这个过程不落俗，还能让自己在倾情写字的状态中，也坠入了爱河。

只想着、念着心中的美好，由此习惯成自然地了然了这世间，原本就是千般万般的好，比比皆是，觉得不是，不一定真的不是，而是自己的感知能力还不够强大。而事实，也确实如此。

春风千里，追的不过是青青的草，使得草更绿；花开万里，不过是为了人间有香，且可香飘万里。很幸运的是，我用我的文字，将这些种种，定格为了永恒。用爱情的方式。

这是一件非常了不得的了得之事。

我想，爱情诗的美，不只体现在能够看得出它的表象，也应该看出它至深处所要表达出来的独特魅力。是气息、是气质、是韵味。这既可以让人耳目一新，也可以看起来很养眼，更可以由此直达人心。让人由此有了富足的安全感。因为这世上再华美的奢侈与高贵，也抵挡不住淳朴、单纯的忠诚与专一。

心中一人、一花、一天空，足矣。

写诗之初，有人见了很诧异。"好心"问询所以然时，还不忘念及我的生活，自认为我对爱情种种的由衷慨叹，一定是因为生活发生了某些不幸或是不能了然明白的"幸运"，因为在常人看来，每一首诗都在写爱情，不是一件庸常之事。

我却对之淡漠到不以为然。

那之后，更是有了一个接一个的探寻究竟者。带着不礼貌，甚至是恶言恶语，即便探寻不出些许，也定要自己拟定出个所以然来。或干脆以诸如"都是为我好"的名义，进行干预阻止。

我都回以无视。

或许，是凡俗之人，真的见不了用文字描述了过多的爱情，且都出自我一人之笔。也或许，是爱情本身，只能在问询者的生命中存在，他人无权拥有、无权赞美或借文字进行褒颂。从而以一种让我不再感到意外的状态，给我一种持续不断的鼓舞。这好像不应该，但是我的诗，却越写越多。

什么能阻止命运的脚步？什么都不能。因为更多的支持者和鼓励者，比起绊脚石来说，更是让我欣慰自豪到无限感恩于这样一路奉陪着欣赏的奖赏。

什么能超过爱情的美？什么都不能。

刚刚写诗时节的五月末，某天上午，下起了蒙蒙细雨；中午，我去登了山；下午，为我的长篇小说正文作出版前的最后定稿修正。整整一个下午，都昏天黑地地与我的小说文字为伍。直到傍晚，已经很累，却不得不到每天必须去的河滩公园散步。不去，一天当中，就总像缺少了什么。

那一天，因为累，没听酷狗的歌曲，也没听喜马拉雅的有声文。快离开公园时，偶一个抬头，见到了与平时不一样的光景。树梢之上的不远处，有一大块云，恰好，月就在云里，一会儿显露，一会儿又消失。我想，缠绵悱恻大概就是这么个来由吧。回到家，我便写了《我在深潭等你》。第二天，一觉醒来，是一年一度的六一儿童节，睁开眼睛见到的第一缕阳光，是那么清新，我知道，那是新的希望。于是，安静地看着窗外的天空，没有云彩的蓝天，简单而质朴，想到不断涌入我生命中的一首首诗，感叹为什么不多写一些，才能够对得起这样的日子。

于是，以四季的内质命题的诗名字，一个跟着一个，陆续呈现于我的白纸上。

蟾凉叶落，水绕胭脂色。
醉花缱绻，细雨相思伞。
书香满床，露珠的衣裳。
雪蚕生烟，梦里的合欢。

这四行诗，瞬间便成了如今诗集四辑目录名称的各自标题。还记得那一天，这些文字，在那个平和而安静的早晨，成了我生命中的另一个坐标。是在等一些灵感、等一些文字、等一个过程，更在等一个好的结果。

我想与你一起 /
迎着晨光给灵魂沐浴 /
在绿叶细细的草地 /
追五彩光影的旖旎 /

然后 /

到你蚕月绕桑麻的梦里 /

窥你慌乱中的假装心安 /

瞧你拢着快被露水沾湿的那袭布衣 /

笑你再也藏不住的秘密 /

破解你自编自演的内心戏 /

再然后 /

倾情倾心地与你一起 /

成就成全这旷世荣得的天意奇遇 /

这些文字，表面上是一首爱情诗，但对我来说，爱情的意义岂止是一种等，又岂止是世间的一个小我。它具有大象的众多和更多；它包含着弱小中的平凡自我，也包容了芸芸中的大我和无我；它是生命存在的一种必须，也是生命得以延续的一种力量，是精神信念和信仰的神圣支撑。

我想，人间的爱情，大多在现实生活中奄奄一息，且早已没有了更多可立足的位置，哪怕一隅落满尘迹的角落。如此这般，又怎可提及永远。须臾，在某种境况之下，都或许是多余的奢侈，现如今人们所热衷的爱情，上下左右，里里外外，都无不伴着利益多少的权衡计算，获取与否的优劣考量。

得失，成了唯一的尺度砝码。

这很怪。怪在人们津津乐道于种种的不满、不对与不屑的同时，还很受用。

361

书香满床·露珠的衣裳

爱情，由此而与它的本真背道而驰，不仅如此，还戴上了假面具，披上了靓丽坚硬的铠甲，甚至改头换面为时尚的潮流。但那真的不是爱情，那是人们误读到的所谓爱情。

当我通过键盘，在文档的空格处打出这样一行文字时，不禁有了意欲潸然泪下的冲动。不知为什么，我此时的不悲不喜、我的随遇而安、我的内敛沉静，都在这一刻，如此这般不太符合我一向投入创作之时，将自己无法游离事外的惯常习性。

这不像我了。我是一直身在其中的。

想想人生这山一程水一程的书写描绘，看到的应该都是眼中山水；写的也都是笔下文字；修为的更是有爱临在的高贵灵魂。只是在这样的过程中，想让自己的一切，在旷野无真情的莽莽苍苍中，拾珠捡贝地为一己心情及大众风情，用文字堆砌成人间美文、美人物，何其难？又如此这般地乐在其中，我怎能不为之感动。

这或许就是令我写下这些文字的所有原因。

代言，为他为己，或许都是三生有幸的一种因缘。这让我觉得，我这样的一生，很值得！这值得，让我觉得自己很幸运。这份幸运，也会在未来的某一时刻，以它醉美的姿态，以它独特的旖旎葳蕤缠绵悱恻，成为我生命之树上的枝丫、花朵、茂盛的叶、累累的果实，以及幽幽展泛于世间凡俗的各种香。包括落地可以生根的粒粒种子。由此，我不得不时常慨叹，生命如此之美！我不写诗文字，我还能干什么？

一首诗、一首诗地写过来，我终于明白，这世间不是没有梦想成真，但必须通过努力才能获得。如果不努力，梦想，便永远是梦里的想。

记得写《舞衣袖》时，正是写到同期创作的长篇小说几近于精疲力竭的状态。当时，只要不写小说，写诗或看看歌词，总觉得是好日子。当时如果不如此，就会觉得，写作实在是太苦了。

这苦，源于天长日久的挥毫泼墨。用尽了所知辞藻，也费尽了所有心力。爱情，在这样的时空里，显然是连提及都不太合时宜。这样的时刻，还要心心念念即将写到结尾的长篇小说，无疑是无法真正卸载的心理重负。这份沉重，我知道，是源于岁月年深的长久期待。

举杯品清茶，落盏饮烈酒，无奈，才舞衣袖。总想做到最好，结果行至哪一处，都觉得还不够好。可是，一想到多年前的美好夙愿，会于近在咫尺的一朝一夕完成，内心的激动，依然大于应该保有的平和。灵魂阵地的坚守，谁能说，在这样的时间节点上，不是不能忽视半点的重中之重。

唯战胜与超越，再无其他。

记得当时正值入夏，天很热，夏天的雨淅淅沥沥；夏天写的字，好像也显得有些断断续续；夏天的所思所想，却变成了一首又一首灵魂花开的唯美诗句。再去山上，一路天空湛蓝的清透中，飘着丝绸一样的薄云。有时，那些云会聚集到一起；有时，顷刻便散落到天边。近处的青草和树叶，满眼都是相同的翠绿。想我这生活了太久的北方，一向是冷风吹来吹去的，这样的季节，春花已经开败、夏荷还没有真正盛开，但诗意已是满天满地、满纸满笔的印记了。好像每写一个字，都会带着含蓄而深沉的爱意，让我对生活、对人生、对未来，有了更深入的思考。

无论什么样的人生道路，都要有高人指点迷津，虽然要有自己坚持不懈的努力，但是同样需要贵人相助，当然，小人从中作梗一样重要。任何时候，作用力与反作用力，都会在一个人通往未来的路上，不经意间让人意外地登上一个新的台阶。或许，还会成为更上一层楼的大幅度提升。所以，什么样的人来人往，何时何地的擦肩而过，都要充满感恩之心，那些或许是成就与成全的基石土壤。由此懂得，一个人欲成大事，真的离不开众人的合力。

每个人都想让自己的一生活得平静鲜活，好自为之时，也不乏利为他人，爱情是人类永恒的主题，人们想拥有更多的，还是属于自己的情感。这让我觉得写诗或是写小说和电影剧本本身，倒没什么太大的区别了。

无论写什么，都是描述人间情感，以不同的文字表达，出发点和落脚点仿佛根本没什么异样。甚至在感觉上，只要一涉及情感，就顷刻间变成了人间清秀的高雅，犹如抹抹浓香，带着花片绽放的芳华，散落到季节的温度里，再流成弯弯闪烁的水波，去往更美的世界。

以故事的形式，以恋人的角度，以我的自身，爱着这个世界的美好情感。由此，更加感悟到这世间有形之物皆可有破损，唯独爱的信念和誓言，在人的心中，会永远地牢不可破。不仅如此，还可以化腐朽为神奇，成为一种力量，甚至是能量。于是，人们常常认为，拥有了爱，便拥有了整个世界。而我，在书写爱情这件事情上，又倾注了我所有的热爱。

在《与文字交谈》的诗里，我这样写道：

让我景仰在你面前 /

敬畏虔诚地将你一一落到心间 /

亲切地与你交谈 /

想知晓 /

你拥有的那些我所未见 /

欲将这认定为永远的因缘 /

固定成与你一生一世的爱恋 /

这首诗，每次在用留删减的犹豫不决后，都让我不得不将它一次次地被放任搁置，即便我真的很喜欢它的表达，但是，我更多喜欢的，是它之外的一些文字。

这一刻，我虽然很多次地否定过它，却再次想起了它的存在。便决定用这样的方式，与它做一种道别，并以这样的方式来拥有它。这很符合这本诗集的表达。

爱情，真的无所谓对人、对事，抑或是针对诗文字。深爱，源于内心，至于爱了什么，全凭自己。即便将其书写成了文字，它也不仅仅属于我自己，它会属于更多的人。

我想，从写作的最初到最后，如果说是已被奢望委以重任的担当，一开始，便有了无论如何都不能推卸也不能阻挡的义务。这让我所有的文字，成为被骨肉滋养生发出的诗性根芽，遇到了爱，便开出了花朵，再日夜泛香于血脉，再落俗尘，成了风中的词语诗句。

一行行、一页页，有如旷野中的青草，绿了黄，黄了又绿，枯荣转换后，让人生也随之有了希望和新的梦想。这让整日与文字为伍的我，在深爱书写的同时，又顶礼膜拜于中华祖先发明的这些汉字，这恢宏渊博又一路浩瀚精细的不断完善与完美，让我有幸于万千字句中，在我的情感世界里，拾贝捡珠般地写出了诸多的美好句子。且在千言万语中，让美好的诗兴，直照心底，即便有不满意的一些，也只能说是自己对汉字爱得还不够。

深爱，才能得到回报，即便深爱了，也不一定有回应。在文字的面前，我始终不敢有任何星星点点的造作或偷工取巧，既怕违背了造字的祖先用意，又怕错付了一己真心，弄巧成拙。

一切最自然的状态，才是最好的状态。

一如真心相爱，一如一见钟情，没什么不好。

日久生情，也是一样的好。无情或绝情，也应该没什么不好。我只能说，曾经爱过，曾经拥有过，就像我们的生命，来过这世界，即便真有什么不好，也一样是好的。

爱情或许就应该是这般地被最初复制、粘贴到情感的印记中，再也改动不得，更丢弃不得。于是，爱情被人类得以继续传承，而人类在爱情的长河里，依然在遨游、在欣喜、在伤悲、在残喘着几近于奄奄一息。但仍在坚持与坚守。

人人明了最后的结果，人人却都在乐此不疲，这有多么地美好。这美好，在这世间，千百年来，爱情做到了。这是无任何可以替代的骄傲，更是人类的骄傲。这也有些荒诞，却异常神圣。爱情的魔力或是神秘，无解却不能不因此而让人不感兴趣，毕竟，它与所有人的人生都有着密切的关联，而这关联，又都是发自本心地与人生纠缠不休，是耗费神情的一种拖累，也是有别于任何的一种生命情趣。

写爱情，仿佛，更胜一筹。

李瑞雪

2022 年 10 月 20 日

雪茧生烟 · 梦里的合欢